O MAR

JOHN BANVILLE

TRADUÇÃO
SERGIO FLAKSMAN

Copyright © John Banville, 2005
The right of John Banville to be identified as the author of this work has been asserted by him in accordance with the Copyright, Designs and Patents Act 1988.
Copyright da tradução © 2014 by Editora Globo s/a

Todos os direitos reservados. Nenhuma parte desta edição pode ser utilizada ou reproduzida – em qualquer meio ou forma, seja mecânico ou eletrônico, fotocópia, gravação etc. – nem apropriada ou estocada em sistema de banco de dados sem a expressa autorização da editora.

Texto fixado conforme as regras do Novo Acordo Ortográfico da Língua Portuguesa (Decreto Legislativo nº 54, de 1995).

Editor responsável: Alexandre Barbosa de Souza
Editor assistente: Juliana de Araujo Rodrigues
Preparação: Maria Fernanda Alvares
Revisão: Bruno Costa e Ana Lima Cecilio
Capa e paginação: Luciana Facchini
Assistente de design: Karine Tressler
Imagem da capa: Amy Friend

Título original: *The Sea*

1ª edição, Editora Globo, 2014

CIP-BRASIL. CATALOGAÇÃO NA PUBLICAÇÃO
SINDICATO NACIONAL DOS EDITORES DE LIVROS, RJ

B16m
Banville, John, 1945-
   O mar / John Banville ; tradução Sergio Flaksman. - 1. ed. - São Paulo : Editora Globo, 2014.
   il.

   Tradução de: The sea
   ISBN 978-85-250-5431-9

   1. Literatura irlandesa. I. Flaksman, Sergio, 1949-. II. Título.

14-09422   CDD-828.99153
                                      CDU: 821.111(415)-3

Direitos exclusivos de edição em língua portuguesa, para o Brasil, adquiridos por Editora Globo s.a.
Av. Jaguaré, 1485 – 05346-902 – São Paulo-sp
www.globolivros.com.br

Para Colm, Douglas, Ellen, Alice

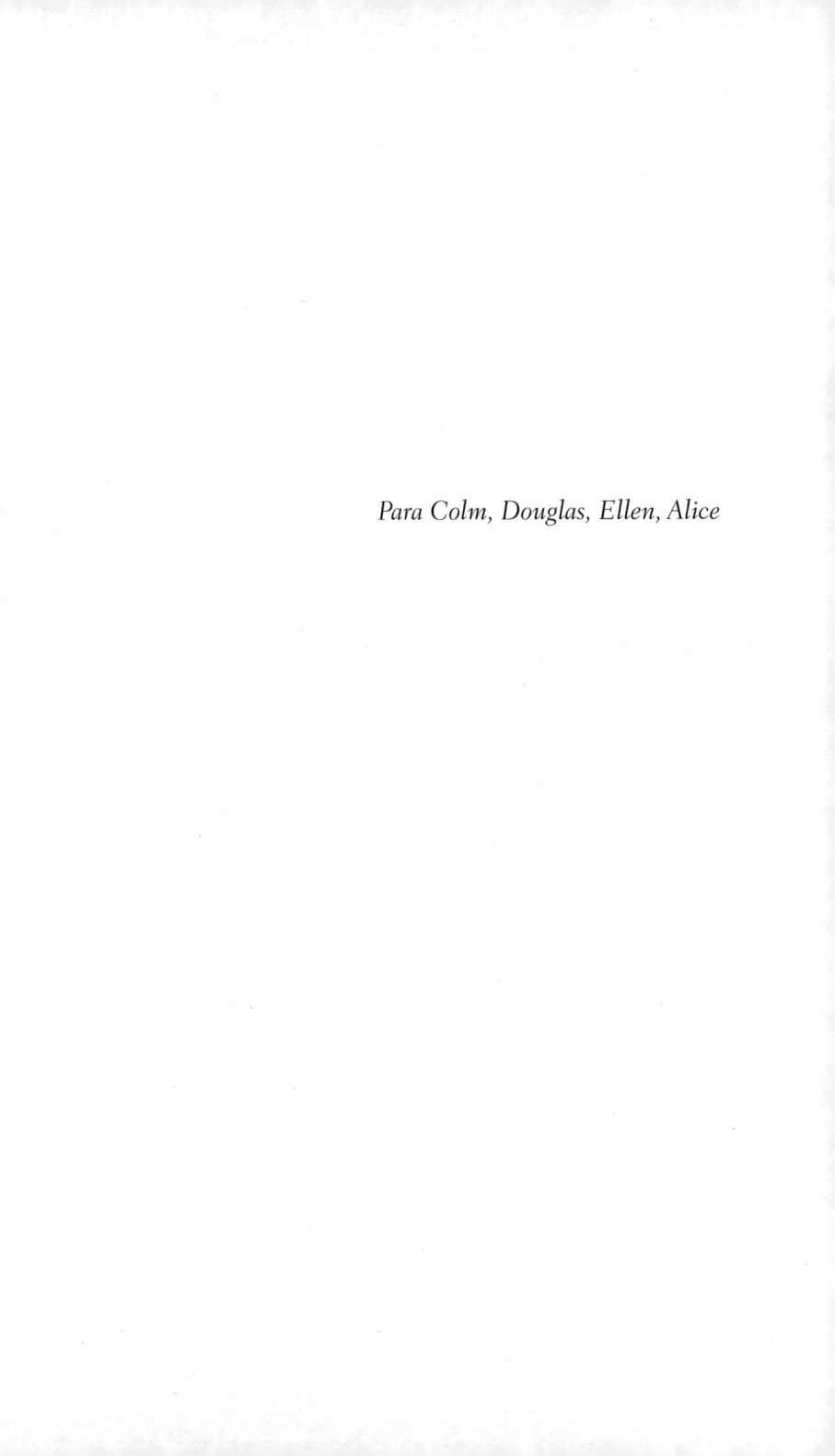

ELES PARTIRAM, OS DEUSES, no dia da maré estranha. A manhã inteira sob um céu leitoso as águas da baía tinham subido mais e mais, atingindo alturas inauditas, pequenas ondas rastejando sobre a areia crestada que havia anos só era umedecida pela chuva e chegando a lamber a base das dunas. O casco enferrujado do cargueiro encalhado na entrada da baía em algum momento fora do alcance da memória de qualquer um de nós deve ter achado que lhe concediam a oportunidade de um relançamento. Eu nunca mais tornaria a nadar, depois desse dia. As aves marinhas vagiam e mergulhavam, em nada afetadas, ao que parece, pelo espetáculo daquela vasta bacia de água que inchava como uma bolha, de um azul de chumbo e com um fulgor maléfico. Pareciam anormalmente brancas, naquele dia, essas aves. As ondas depositavam na areia uma franja de espuma impura e amarela. Vela alguma desfigurava o horizonte alto. Não voltei a nadar, não, nunca mais.

Alguém acaba de pisar na minha cova. Alguém.

O nome da casa é The Cedars, os cedros, como nos velhos tempos. Um hirsuto aglomerado dessas árvores, de um castanho de macaco com cheiro alcatroado, seus troncos entrelaçados como num pesadelo, ainda cresce à esquerda da casa, do lado oposto de um gramado descuidado que vai até a grande *bay window* do que era antes a sala de estar mas a srta Vavasour prefere chamar, no jargão do ramo, de saguão. A porta da frente fica do lado oposto, abrindo para um quadrado de cascalho manchado de óleo protegido pelo portão de ferro ainda pintado de verde, embora a ferrugem tenha reduzido suas barras a uma trêmula filigrana. Fico espantado de ver o quanto as coisas mudaram pouco nos mais de cinquenta anos idos desde a última vez que estive aqui. Espantado e decepcionado. Diria mesmo desalentado, por motivos que me são obscuros, pois por que eu haveria de querer mudança, eu que volto para viver entre as ruínas do passado? E me pergunto por que a casa terá sido construída assim, de lado, apresentando à rua uma parede lateral sem janelas revestida de uma mistura de cascalho e cimento pintada de branco; talvez em outros tempos, antes da estrada de ferro, a rua tivesse outra orientação, passando bem diante da porta da frente, tudo é possível. A srta V. não tem clareza quanto às datas mas acha que o chalé original foi construído aqui no início do século passado, quer dizer, o século retrasado, estou perdendo a conta dos milênios, tendo sofrido acréscimos aleatórios ao longo dos anos. O que explicaria o ar de mixórdia de toda a construção, com saletas que dão em salas maiores, janelas que se abrem para paredes cegas e tetos baixos demais de fora a fora. O assoalho de pinho resinoso emite uma nota náutica, assim como minha cadeira de assento giratório e encosto de ripas. Imagino um velho navegante cochilando ao lado do fogo, finalmente transformado em bicho de terra, e os ventos fortes do inverno chacoalhando as esquadrias de madeira. Ah, ser esse homem. Ter sido ele.

Quando eu vinha aqui tantos anos atrás, no tempo dos deuses, The Cedars era uma casa de veraneio, alugada à quinzena ou ao mês. Todo o mês de junho era infestado por um médico rico e sua família extensa e roufenha — ninguém gostava dos filhos barulhentos do médico, que riam da gente e nos jogavam pedras de trás da barreira intransponível do portão — e depois deles vinha um misterioso casal de meia-idade que não falava com ninguém e levava seu cão salsicha para passear toda manhã na mesma hora, sempre de cara triste e em silêncio, descendo a Station Road até a beira da praia. Agosto era o mês mais interessante da Cedars, para nós. A cada ano os inquilinos eram outros, gente da Inglaterra ou de outros países da Europa, um ou outro casal em lua de mel que tentávamos espionar, e certa vez até uma companhia ambulante de teatro que se apresentava toda tarde sob o teto de zinco do cinema local. E então, naquele ano, veio a família Grace.

A primeira coisa que vi foi o automóvel, estacionado no cascalho além do portão. Era um carro preto, de chassi baixo, coberto de mossas e arranhões, com assentos de couro bege e um volante grande de madeira polida, com raios que lembravam um timão. Livros com a capa descorada e amassada estavam largados com descuido na cobertura da mala, debaixo do para-brisa traseiro de inclinação esportiva, onde ainda se via um guia turístico da França, muito surrado. A porta da frente da casa estava escancarada, e ouvi vozes lá dentro, no térreo, e no andar de cima o som de pés descalços correndo pelas tábuas do assoalho, e o riso de uma garota. Parei ao lado do portão, sem esconder o intuito de bisbilhotar, e de repente um homem com um copo de bebida na mão saiu da casa. Era baixo e mais pesado no alto do corpo, todo ombros, peito e enorme cabeça redonda, os cabelos muito curtos de um preto lustroso salpicado de um grisalho prematuro e uma barba negra em ponta igualmente pintalgada de branco. Usava uma camisa verde desabotoada e larga, short cáqui, e andava descalço. Sua pele estava tão intensamente bronzeada que chegava a um tom arroxeado. Até o peito dos seus pés, percebi, era muito moreno; a maioria dos pais que eu conhecia era branca feito barriga de peixe abaixo da linha da gola da camisa. Pousou seu copo largo — gim azulado, cubos de gelo e uma fatia de limão — num ângulo arriscado no teto do carro, abriu a porta do carona e se debruçou lá dentro para procurar alguma coisa debaixo do painel. No piso superior invisível da casa a menina tornou a rir e deu um grito alto, com muito *tremolo*, de pânico simulado, e novamente se ouviu o rumor de pés correndo. Estavam brincando de pegar, ela e a pessoa sem voz. O homem endireitou o corpo, recolheu seu copo de gim do teto do carro e bateu a porta. Não encontrou o que tinha ido procurar ali. Quando deu meia-volta para entrar de novo em casa, seu olhar cruzou o meu e ele piscou o olho. Não da maneira como os adultos costumam piscar para as crianças, com malícia e ao mesmo tempo tentando agradar. Não, foi uma piscadela camarada, conspiratória, quase maçônica, como se aquele momento que nós, dois desconhecidos, adulto e menino, tínhamos compartilhado, embora aparentemente desprovido de sentido, ou até de conteúdo, ainda assim tivesse algum significado. Seus olhos eram de um azul extraordinariamente claro e transparente. E ele voltou para dentro de casa, já começando a falar antes de cruzar a porta. "Parece mesmo", disse ele, "que o diabo da coisa..." e desapareceu. Ainda fiquei por lá mais um pouco, vasculhando as janelas do segundo piso. Mas nenhum rosto surgiu nelas.

Foi esse, então, meu primeiro encontro com a família Grace: a voz de menina vinda de cima, os pés correndo, e o homem ali embaixo piscando o olho para mim daquele jeito folgazão, íntimo e levemente satânico.

E agora mesmo tornei a me surpreender assobiando baixinho por entre os dentes da frente, como comecei a fazer em tempos recentes. *Tsiu tsiu tsiu*, faz meu assobio, lembrando uma broca de dentista. Meu pai costumava assobiar assim, estarei me transformando nele? No quarto do outro lado do corredor, o coronel Blunden está ouvindo rádio. Gosta dos programas vespertinos de entrevistas, o tipo de programa em que ouvintes furibundos ligam para reclamar dos políticos desonestos, do preço da bebida e de outros fatores perenes de irritação. "Companhia", diz ele apenas, e pigarreia, com o ar um tanto encabulado, seus olhos protuberantes e escaldados evitando os meus, muito embora eu não pusesse sua palavra em dúvida. Estará deitado? Difícil imaginá-lo ouvindo rádio estendido na cama com suas meias grossas de lã cinza, mexendo os dedos dos pés, sem gravata, o colarinho da camisa aberto e as mãos entrelaçadas por trás do velho pescoço fibroso. Fora do seu quarto ele é o homem vertical em pessoa, das solas dos sapatos marrons de cadarço muitas vezes remendados à ponta de seu crânio cônico. Submete os cabelos ao barbeiro da cidadezinha toda manhã de sábado e não lhes dá trégua, deixando apenas uma crista grisalha de falcão no alto da cabeça. Suas orelhas coriáceas de lóbulos compridos são protuberantes, e parecem ter sido postas a secar e defumadas; o branco de seus olhos também tem um ligeiro matiz amarelado de fumeiro. Dá para escutar as vozes do seu rádio, mas não distinguir o que dizem. Posso estar enlouquecendo aqui. *Tsiu tsiu tsiu*.

Mais tarde naquele mesmo dia, o dia da chegada da família Grace, ou no dia seguinte, ou ainda o posterior, tornei a ver aquele carro preto, que reconheci de imediato quando ultrapassou aos solavancos a pequena ponte em arco por cima da linha do trem. Ela ainda existe, essa ponte, logo depois da estação. Sim, as coisas permanecem, enquanto os vivos se extinguem. O carro deixava a cidadezinha na direção da cidade maior, que vou chamar de Ballymore, a uns vinte quilômetros de lá. A cidade grande é Ballymore, a menor será Ballyless, o que talvez soe ridículo, mas pouco se me dá. O homem de barba que piscou o olho para mim estava ao volante, dizendo alguma coisa e rindo, com a cabeça atirada para trás. A seu lado sentava-se uma mulher com o cotovelo para fora da janela aberta, também com a cabeça para trás, o cabelo claro agitado pelas rajadas da janela, mas não estava rindo, apenas sorria, o sorriso que reservava para ele, cético, tolerante, achando nele uma graça lânguida. Vestia uma blusa branca, usava óculos escuros de armação plástica também branca e fumava um cigarro. E onde estou eu, qual será meu ponto de observação? Não me vejo. E logo eles sumiram, a traseira bamboleante do carro desaparecendo numa curva da estrada com uma baforada final cuspida pelo cano de descarga. A relva alta do barranco, loura como os cabelos da mulher, se agitou por breves instantes e retornou à sonhadora imobilidade anterior.

Desci a Station Road no vazio ensolarado da tarde. A praia ao pé da colina era uma cintilação parda sob o anil. À beira-mar tudo são horizontais estreitas, o mundo reduzido a poucas faixas longas e retas comprimidas entre a terra e o céu. Caminhei circunspecto na direção de The Cedars. Por que na infância tudo de novo que atraía meu interesse tinha uma aura sobrenatural, já que de acordo com todas as autoridades o sobrenatural não é uma coisa nova, mas uma coisa conhecida que retorna numa forma diferente, transformada num espectro? Tantas perguntas sem resposta, e essa é a que menos conta. Chegando mais perto, escutei um som regular e estridente de atrito oxidado. Um menino da minha idade estava equilibrado no portão verde, seus braços pendendo imóveis da barra superior da grade, impelindo-se devagar com um pé só para a frente e para trás, e descrevendo quartos de círculo no cascalho. Tinha o mesmo cabelo claro cor de palha da mulher no carro, e os inconfundíveis olhos muito azuis do homem. Enquanto eu passava devagar por ele, e na verdade posso até ter parado de andar, ou melhor hesitado, ele cravou o bico do seu sapato de lona no cascalho para deter o movimento do portão e me encarou com uma expressão de interrogação hostil. Era a maneira como nos encarávamos, nós, as crianças, em qualquer primeiro encontro. Atrás dele eu avistava até o jardim estreito por trás da casa, e mais adiante a fileira diagonal de árvores à beira da linha do trem — hoje não existem mais, essas árvores, derrubadas na intenção de abrir espaço para uma série de bangalôs em tons pastel que lembram casas de boneca — e, adiante, o ponto onde os campos assomavam e viam-se vacas, pequenos borrões de amarelo que eram moitas de tojo, uma torre distante e solitária e mais além ainda o céu, onde nuvens brancas se desenrolavam. De repente, de surpresa, o menino me fez uma careta grotesca, envesgando os olhos e deixando a língua desabar sobre o lábio inferior. Segui em frente, sentindo que seu olho zombeteiro me acompanhava.

Sapatos de lona. Em inglês, eram conhecidos como *plimsolls*. Um nome que não se escuta mais, ou só raramente, muito raramente. Originalmente, eram usados pelos marinheiros, e ficaram conhecidos assim por alguma coisa a ver com o nome de alguém. O Coronel está de novo no banheiro. Problemas de próstata, aposto. Ao passar pela minha porta ele atenua os passos, fazendo ranger o piso com as pontas dos pés, em sinal de respeito pelos enlutados. Um paladino dos bons modos, nosso garboso Coronel.

Desço a Station Road.

Parte tão grande da vida era quietude na época, quando éramos jovens, ou pelo menos é o que nos parece agora; uma quietude constante; uma vigília. Vivíamos a espera em nosso mundo até então meio cru, esquadrinhando o futuro como o menino e eu tínhamos esquadrinhado um ao outro, como soldados no campo de batalha, à espreita do que viria. Ao pé da colina, parei e olhei em três direções, de frente para a Strand Road, de volta para a Station Road e depois para o lado oposto, na direção do cinema de teto de zinco e das quadras públicas de tênis. Ninguém. A rua que passava do outro lado das quadras de tênis era conhecida como "O caminho do penhasco", embora já fizesse muito tempo que o mar tinha consumido qualquer penhasco que antes houvesse ali. Diziam que uma igreja submersa na areia do fundo do mar naquela direção, intacta, ainda com o campanário e os sinos, erguia-se antes numa ponta de terra firme que também desaparecera, engolida por ondas imensas numa noite imemorial de tempestade e terrível enchente. Eram as histórias contadas pelos habitantes locais, como Duignan, o leiteiro, e Colfer, o surdinho que ganhava a vida vendendo bolas de golfe recuperadas, para que nós, os visitantes efêmeros, achássemos que aquela tranquila cidadezinha à beira-mar tinha sido no passado um cenário de terrores. O letreiro em cima da porta do Strand Café, anunciando cigarros Navy Cut, em que o retrato de um marujo barbado aparecia emoldurado por um salva-vidas, ou um laço de corda — será? — rangia ao vento do mar em suas dobradiças oxidadas pelo sal, um eco do portão de The Cedars empoleirado no qual, até onde eu sabia, aquele menino continuava a balançar. Eles rangem, esse portão do presente, aquele letreiro do passado, até hoje, até a noite de ontem, nos meus sonhos. Saí andando pela Strand Road. Casas, lojas, dois hotéis — o Golf, o Beach — uma igreja de granito, o armazém-correio-bar de Myler, e então o campo — era nome próprio, o Campo — com os chalés de madeira um dos quais era a nossa casa de veraneio, do meu pai, da minha mãe e minha.

Se aquelas pessoas no carro fossem os pais do menino, será que o teriam deixado sozinho na casa? E onde estaria a menina, a menina que ria?

O passado pulsa dentro de mim como um segundo coração.

O nome do clínico era sr Todd. O que só pode ser visto como uma piada de mau gosto da parte dos fados poliglotas. Mas podia ser pior. Existe o nome De'Ath, com essa maiúscula extravagante no meio e o apóstrofo apotropaico que não engana ninguém.

Esse Todd tratava Anna de sra Morden, mas me chamou de Max. Não sei bem se gostei da distinção que isso estabelecia, ou da familiaridade áspera do seu tom. Seu consultório, não, sua sala de trabalho, melhor dizer sala de trabalho, se ele prefere ser tratado de senhor e não doutor, parecia à primeira vista um elevado observatório, embora só ficasse no terceiro piso. O prédio era novo, todo vidro e aço — havia até uma torre tubular de vidro e aço, sugerindo com propriedade o tambor de uma seringa, pelo qual o elevador subia e descia zumbindo como um êmbolo gigantesco, ora empurrado ora puxado — e duas das paredes de sua sala principal de exame eram duas folhas de vidro laminado que iam do chão ao teto. Quando Anna e eu entramos, meus olhos ficaram ofuscados com o brilho da luz do sol do início do outono que atravessava aquelas vastas vidraças. A recepcionista, um vulto louro de jaleco de enfermeira e sensatos sapatos que rangiam muito — numa ocasião como esta, quem iria reparar na recepcionista? —, depositou a ficha de Anna na mesa do sr Todd e se retirou rangendo. O sr Todd nos mandou sentar-nos. Eu não podia tolerar a ideia de me sentar numa cadeira, e preferi postar-me de pé em frente à janela de vidro, olhando para fora. Diretamente abaixo de mim ficava um carvalho, ou talvez fosse uma faia, nunca tenho muita certeza com essas árvores decíduas de maior porte, decerto não era um olmo, pois todos os olmos já morreram, mas de qualquer maneira era uma nobre criatura, e o verde estival de sua vasta copa mal fora tocado de prata pelo declínio do outono. Os tetos dos carros reverberavam. Uma jovem de conjunto escuro atravessou o estacionamento com passos rápidos, e mesmo à distância imaginei escutar o estalo destacado de seus saltos no asfalto. Eu tinha um reflexo esbatido de

Anna no vidro à minha frente, sentada muito ereta na cadeira de metal em três quartos de perfil, uma modelo paciente, com um joelho cruzado sobre o outro e as mãos juntas pousadas na coxa. O sr Todd sentava-se de lado atrás de sua mesa, percorrendo as várias folhas da ficha de Anna; o papelão rosa-claro da pasta que as continha fez-me pensar naquelas primeiras manhãs trêmulas de volta às aulas depois das férias de verão, a sensação dos livros escolares novinhos e o cheiro de algum modo aziago da tinta e dos lápis apontados. Como o espírito vagueia, mesmo na mais concentrada das ocasiões.

Dei as costas para o vidro, o mundo exterior se tornara intolerável.

O sr Todd era um homem troncudo, nem alto nem corpulento mas muito largo: produzia a impressão de um quadrado. Cultivava reconfortantes modos antiquados. Vestia um terno de *tweed* com colete e corrente de relógio, e sapatos de amarrar de couro marrom-claro que o coronel Blunden haveria de aprovar. Seus cabelos estavam untados no estilo de outros tempos, penteados singelamente para trás a partir da testa, e usava um bigode, curto e eriçado, que lhe dava um ar de teimosia. Percebi, com um leve choque, que apesar desses efeitos calculadamente veneráveis o médico não podia ter muito mais do que cinquenta anos. Desde quando os médicos começaram a ser mais novos do que eu? E ele continuava a escrever, tudo para ganhar tempo; e eu nem reclamo, teria feito o mesmo no lugar dele. Finalmente ele pousou a caneta mas ainda se mostrava pouco inclinado a falar, dando a impressão sincera de que não sabia como nem por onde começar. Havia algo de estudado em sua hesitação, algo de teatral. E, aqui também, eu entendo.

Um clínico, além de bom médico, precisa ser um bom ator. Anna remexeu-se impaciente na cadeira.

"E então, doutor", disse ela, um pouco alto demais, tentando assumir o tom vivaz e escolado de uma estrela de cinema dos anos 1940, "é pena de morte ou ainda cumpro muitos anos?"

A sala ficou em silêncio. Aquela surtida de humor, certamente muito ensaiada, não provocou nem sorrisos. Tive o impulso de sair correndo, tomá-la nos braços como um bombeiro e carregá-la à força para fora de lá. Não me movi. O sr Todd a fitou com olhos arregalados tomados de comedido pânico, elevando as sobrancelhas quase até o meio da testa.

"Ah, ainda não estamos prontos a liberar a senhora, sra Morden", disse ele, exibindo grandes dentes cinzentos num sorriso pavoroso. "Muito pelo contrário."

Mais uma pausa de silêncio. Anna continuava com as mãos no colo, e as fitava com a testa franzida, como se nunca tivesse reparado nelas. Meu joelho direito começou a ter espasmos de medo.

O sr Todd lançou-se a uma enérgica dissertação, muito polida pelo uso, sobre tratamentos promissores, novos remédios, o poderoso arsenal de armas químicas de que dispunha; podia estar falando de poções mágicas, de filtros de alquimista. Anna continuava cismada com suas mãos; não escutava o que ele dizia. Finalmente Todd parou e recostou-se olhando para ela com o mesmo olhar de desespero arregalado de antes, respirando audivelmente, os lábios repuxados numa espécie de esgar que deixava aqueles dentes aparecerem de novo.

"Obrigada", respondeu ela em tom educado, numa voz que agora parecia vir de muito longe. E assentiu com a cabeça, concordando consigo mesma. "Sim", mais remotamente ainda, "obrigada."

A essas palavras, como que liberado, o sr Todd deu uma breve palmada nos dois joelhos, levantou-se de um salto e praticamente nos empurrou para a porta. Anna foi a primeira a sair, depois do quê ele se virou para mim e me endereçou um sorriso altaneiro, de homem para homem, e o aperto de mão, seco, vigoroso, resoluto, que com certeza há de reservar para os cônjuges em momentos como esse.

O corredor acarpetado absorveu nossos passos.

Apertamos o botão do elevador, e o êmbolo desceu.

Saímos para o dia claro como se pisássemos num planeta novo, no qual ninguém mais vivia além de nós.

Chegando em casa, ficamos sentados no carro por muito tempo, sem vontade de enveredar pelo conhecido, sem dizer nada, estranhos para nós mesmos e um para o outro em que de repente nos convertemos. Anna olhava para o outro lado da baía, onde os iates com as velas recolhidas eriçavam-se ao brilho do sol. Sua barriga estava inchada, um calombo duro e redondo pressionando a cintura de sua saia. Ela disse que as pessoas iam achar que estava grávida — "Na minha idade!" — e rimos, sem nos olharmos nos olhos. As gaivotas que faziam ninho nas nossas chaminés a essa altura tinham voltado todas para o mar, ou migrado, ou seja lá o que elas façam. Ao longo de toda a melancolia daquele verão, descreviam círculos o dia inteiro acima dos telhados, zombando da nossa tentativa de fingir que estava tudo bem, nada fora da ordem, o mundo de sempre. Mas lá estava, abrigado no colo dela, aquele calombo que era o bebê descomunal da família De'Ath, florescendo dentro dela, esperando o momento certo.

Finalmente entramos em casa, por não termos outro lugar aonde ir. A luz clara do meio-dia inundava o interior pela janela da cozinha e tudo assumia um fulgor vítreo e de arestas sólidas, como se eu passasse o aposento em revista através da lente de uma câmera. Havia uma sensação de embaraço generalizado e lábios apertados, de que todas essas coisas caseiras — potes nas prateleiras, caçarolas no fogão, a tábua de cortar pão com sua faca serrilhada — desviavam os respectivos olhos de nossa presença tão imediatamente aflita e estranha em seu meio. E era assim, percebi na minha infelicidade, que as coisas seriam a partir de agora, aonde quer que ela fosse o toque de cincerro do leproso a precedê-la. *Como você está bem!* haveriam de exclamar, *Ora, mas nunca vimos você melhor!* E ela com aquele sorriso radioso, fazendo das tripas coração, a pobre sra Esqueleto.

Depois de entrar ela parou ainda de casaco e cachecol, as mãos nas cadeiras, olhando à sua volta com uma expressão contrariada. Ainda era bonita a essa altura, com os malares altos, a pele translúcida, fina como papel. Sempre admirei em particular seu perfil ático, o nariz uma linha de marfim escavado descendo da testa em linha reta.

"Sabe qual é o problema?" perguntou ela com uma veemência amarga. "É que é tudo muito impróprio."

Desviei depressa o olhar por medo de que meus olhos me traíssem; nossos olhos pertencem sempre a outra pessoa, o anão louco e desesperado agachado dentro de nós. Eu sabia o que ela queria dizer. Aquilo não era para ter acontecido com ela. Não era para ter acontecido conosco, não somos esse tipo de pessoa. O infortúnio, a doença, a morte prematura, essas coisas acontecem com as pessoas boas, a gente humilde, o sal da terra, não com Anna, não comigo. No meio do desfile imperial que era nossa vida conjunta um sacripanta sorridente se destacou da multidão que nos aplaudia e, esboçando a paródia de uma reverência, entregou à minha rainha um mandado de deposição.

Ela pôs uma chaleira de água para ferver e pescou num dos bolsos de seu casaco seus óculos, que pôs no nariz, passando o cordão por trás do pescoço. Começou a chorar, esquecida de si mesma, pode ser, sem produzir um som sequer. Adiantei-me desajeitado para abraçá-la, mas ela recuou com um movimento brusco.

"Pelo amor de Deus, não vá criar caso!" ela retrucou. "Só estou morrendo, no fim das contas."

A chaleira elétrica desligou-se depois que a água ferveu e, borbulhante, começou a aquietar-se a contragosto dentro dela. Admirei-me, não pela primeira vez, com a complacência cruel das coisas comuns. Mas não, não cruéis, não complacentes, só indiferentes, e como poderiam comportar-se de outro modo? A partir de agora eu precisava abordar as coisas como elas são, não como eu podia imaginá-las, pois esta era uma versão nova da realidade. Peguei a chaleira e o pote de chá, que ambos chacoalharam — minhas mãos tremiam — mas ela disse que não, que tinha mudado de ideia, que era conhaque o que queria, conhaque, e um cigarro, ela que não fumava, e raramente bebia. Lançou-me o impenetrável olhar de desafio de uma criança, ali de pé ao lado da mesa e ainda de casaco. Suas lágrimas tinham cessado. Tirou os óculos e deixou-os pender abaixo da garganta em seu cordão, esfregando os olhos com a base das mãos. Encontrei a garrafa de conhaque e, ainda trêmulo, servi uma dose num copinho, o gargalo da garrafa e a borda do copo batendo como dentes um contra a outra. Não havia cigarros na casa, onde eu iria arranjar cigarros? Ela disse que não fazia diferença, que na verdade não estava com vontade de fumar. A chaleira de aço cintilava, emitindo um fino fio de vapor pelo bico, sugerindo vagamente gênio e lâmpada. Ah, por que não me concede um desejo, só um.

"Tire o casaco, pelo menos", disse eu.

Mas por que pelo menos? Que operação estranha, o discurso humano.

Entreguei-lhe o conhaque e ela ficou parada com o copinho na mão, mas sem beber. A luz vinda da janela às minhas costas se refletia nas lentes de seus óculos pendentes abaixo de suas clavículas, produzindo o efeito desconcertante de criar outra versão dela em miniatura, de pé à frente dela, bem perto, sob seu queixo, com os olhos baixos. Abruptamente, ela amoleceu o corpo e se instalou pesadamente na cadeira, estendendo os braços à sua frente no tampo da mesa num gesto estranho que produziu uma impressão de desespero, como uma postura suplicante diante de outra pessoa invisível, sentada à sua frente para julgá-la. O copinho em sua mão bateu na madeira e metade do que continha se derramou. Em desamparo eu a contemplava. Por um segundo vertiginoso fui tomado pela ideia de que nunca mais me ocorreria qualquer outra palavra para lhe dizer, de que continuaríamos assim, entregues a uma desarticulação agonizante, até o fim. Curvei-me e beijei a área de pele clara no topo de sua cabeça, do tamanho de uma moedinha, onde seus cabelos escuros formavam um redemoinho. Ela ergueu brevemente o rosto para mim com uma expressão sombria.

"Você está cheirando a hospital", disse ela. "E devia ser eu."

Tirei o copinho de sua mão, levei-o aos lábios e bebi de um gole tudo que restava do conhaque causticante. E percebi qual sentimento me atormentava desde que eu tinha ingressado pela manhã no brilho vítreo do consultório do sr Todd. Era vergonha. E Anna sentia a mesma coisa, tenho certeza. Vergonha, sim, uma sensação tocada de pânico de não saber o que dizer, para onde olhar ou como se comportar, e mais uma outra coisa, que não era exatamente raiva mas uma espécie de contrariedade intratável, um ressentimento intratável diante da provação sinistra em que nos víamos. Era como se nos tivessem confiado um segredo tão obsceno, tão horrendo, que mal conseguíamos suportar permanecer na companhia um do outro, mas ainda assim éramos incapazes de nos desprendermos, cada qual ciente da torpeza que o outro sabia, e os dois unidos justo por sabê-lo. A partir desse dia, tudo seria dissimulação. Não haveria outra maneira de conviver com a morte.

Ainda assim Anna continuou sentada muito ereta à mesa, de costas para mim, os braços estendidos e as mãos pousadas inertes com as palmas para cima, como se esperassem que alguma coisa caísse nelas.

"Bem?" disse ela sem se virar. "E agora?"

E lá vai o Coronel, esgueirando-se de volta para o seu quarto. Foi longa, a sessão no banheiro. Estrangúria, bela palavra. Meu quarto é o único da casa que, como diz a srta Vavasour com um bico decoroso, é *en suite*. E também tenho uma vista, ou teria se não fossem os malditos bangalôs no fundo do jardim. Minha cama é impressionante, um majestoso móvel refinado em estilo italiano digno de um doge, com uma cabeceira ornada de volutas e polida como um Stradivarius. Preciso perguntar à srta V. de onde terá vindo. Aqui devia ser o quarto do casal quando a casa era ocupada pela família Grace. Naquele tempo eu nunca entrava além do andar térreo, exceto em meus sonhos.

Acabo de me dar conta da data. Está fazendo exatamente um ano que Anna e eu fomos obrigados a ir ver o sr Todd em sua sala pela primeira vez. Que coincidência. Ou não, talvez; haverá coincidências nos domínios de Plutão, em meio a essa árida vastidão sem caminhos pela qual vagueio perdido, um Orfeu sem lira? Doze meses, já! Eu devia ter escrito um diário. Meu diário do ano da peste.

Um sonho foi o que me atraiu para cá. Nele eu caminhava por uma estrada vicinal, só isso. Era no inverno, ao final da tarde, ou então num tipo diferente de noite tenuemente radiosa, o tipo de noite que só existe em sonhos, e caía uma neve úmida. Eu caminhava determinado rumo a algum lugar, indo para casa, ao que parece, embora eu não soubesse qual era nem exatamente onde ficava a minha casa. Um terreno aberto à minha direita, plano e sem acidentes, sem uma casa ou hotel à vista, e à minha esquerda uma linha espessa de árvores ameaçadoras na sombra à beira da estrada. Seus galhos não estavam nus, apesar da estação, e as folhas grossas, quase negras, pendiam em aglomerados, carregadas de uma neve que se transformara num gelo mole e translúcido. Alguma coisa tinha enguiçado, um carro, não, uma bicicleta, uma bicicleta de menino, pois além de ter a idade que tenho hoje eu também era um menino, um menino grande e desajeitado, sim, e a caminho de casa, devia ser de casa, ou de algum lugar que em algum momento tinha sido a minha casa, e que eu haveria de reconhecer quando lá chegasse. Tinha horas de caminhada pela frente, mas não me importava, pois era uma jornada de extrema mas inexplicável importância, que eu precisava fazer até o fim. Por mim eu estava calmo, bastante calmo, e confiante, embora não soubesse com certeza aonde ia, só que era para casa. Caminhava sozinho pela estrada. A neve que vinha caindo lentamente desde o começo do dia não exibia rastros de tipo algum, fossem de pneus, botas ou cascos, pois ninguém passara por ali e nem haveria de passar. Havia algum problema no meu pé, meu pé esquerdo, que eu devia ter machucado, mas muito antes, porque não doía mais, embora a cada passo eu me visse obrigado a descrever com ele um semicírculo deselegante, o que me atrasava, não muito seriamente mas bastante. Senti pena de mim mesmo, digo, o eu que sonhava compadeceu-se do eu que era sonhado, aquele pobre pamonha que avançava destemido pela neve ao final do dia, tendo apenas a estrada à sua frente e sem promessa alguma de regresso ao lar.

 E era só isso que havia no meu sonho. A jornada não acabava, eu não chegava a lugar nenhum, e nada acontecia. Só ficava caminhando ali, resoluto e destituído, abrindo caminho infindavelmente em meio à neve e ao lusco-fusco invernal. Mas acordei nas trevas da madrugada não como venho acordando nos últimos dias, com a sensação de que me descascaram mais uma camada protetora de pele durante a noite, mas com a convicção de que alguma coisa tinha acontecido, ou ao menos fora iniciada. Imediatamente, e pela primeira vez em nem sei quanto tempo, lembrei-me de Ballyless e da casa na Station Road, e da família Grace, de Chloe Grace, não sei dizer por quê, e foi como se num instante eu tivesse deixado a escuridão e entrado numa mancha de sol claro, impregnado de sal. Durou apenas um minuto, menos de um minuto, aquela feliz sensação de leveza, mas me indicou o que fazer, e aonde eu devia ir.

Eu a vi pela primeira vez, Chloe Grace, na praia. Era um dia claro, ventoso, e a família Grace estava instalada num nicho pouco fundo escavado nas dunas pelo vento e pelas marés, ao qual sua presença um tanto ousada conferia uma impressão de proscênio. Dispunham de um equipamento impressionante, uma grande lona de listras desbotadas estendida entre dois postes para barrar o vento frio, cadeiras dobráveis e uma mesinha também dobrável, e uma cesta de palha do tamanho de uma mala de viagem contendo frascos, garrafas térmicas, latas de sanduíches e biscoitos; tinham até xícaras de verdade para o chá, com os respectivos pires. Era uma parte da praia tacitamente reservada aos hóspedes do Golf Hotel, cujo gramado acabava logo atrás das dunas, e olhares de indignação eram lançados àqueles desconsiderados intrusos, ocupantes de um casarão de aluguel, com seu elegante equipamento de praia e suas garrafas de vinho, olhares que os membros da família Grace se percebiam preferiam ignorar. O sr Grace, Carlo Grace, Papai, estava novamente de short, e usava um paletó de listras brancas e vermelhas sobre o peito nu, salvo por dois tufos enormes de cachos emaranhados na forma de um pequeno par de asas abertas de pelo. Nunca antes eu tinha visto, e nem, acho, tornei a ver desde então outro homem tão peludo. Em sua cabeça trazia enterrado um chapéu de lona que parecia um baldinho de brinquedo de cabeça para baixo. Estava sentado numa das cadeiras dobráveis, com um jornal aberto nas mãos e, ao mesmo tempo, conseguindo fumar um cigarro, apesar das rajadas fortes de vento que sopravam do mar. O menino louro, o que se balançava no portão — Myles, melhor eu dizer logo o seu nome —, estava agachado aos pés do pai, com ar amuado e riscando a areia com um galhinho irregular polido pela longa permanência nas ondas. Um pouco atrás dos dois, abrigada pela encosta da duna, via-se uma moça, ou jovem mulher, ajoelhada na areia, enrolada numa grande toalha vermelha, sob cuja proteção tentava constrangida esgueirar-se para fora do que mais adiante se revelaria um maiô molhado. Era muito pálida, e tinha uma expressão emocionada, com um rosto fino e comprido e cabelos pesados e muito pretos. Percebi que volta e meia ela olhava, com um ar aparentemente ressentido, para a nuca de Carlo Grace. E percebi também que o menino, Myles, permanecia atento com um olhar de esguelha, na esperança evidente, que eu compartilhava, de que a toalha que protegia a moça viesse a escorregar. Ela não devia ser irmã dele, então.

A sra Grace surgiu subindo a praia. Tinha mergulhado no mar, e usava um maiô preto, justo, escuro e lustroso como pele de lontra, e por cima dele uma espécie de saia feita de algum material diáfano, enrolada em torno dos quadris, fechada na cintura por um único botão e abrindo-se ondulante a cada passo dela para revelar suas pernas nuas e bronzeadas, um tanto grossas mas de belas formas. Parou diante do marido e empurrou para o cabelo os óculos escuros de armação branca, respeitando a longa pausa que ele fez antes de abaixar o jornal e erguer os olhos para ela, levantando a mão que segurava o cigarro e fazendo sombra sobre os olhos com ela contra a luz do sol acentuada pelo sal. Ela disse alguma coisa, ele inclinou a cabeça de lado, deu de ombros e sorriu, exibindo inúmeros dentinhos brancos e regulares. Por trás dele a moça, ainda coberta pela toalha, desprendeu-se do maiô molhado de que finalmente se livrara e, virando-se de costas, sentou-se na areia com as pernas dobradas, armando a toalha como uma tenda em torno do corpo e pousando a cabeça nos joelhos, enquanto Myles cravava seu galho na areia com a força da decepção.

Então lá estavam eles, a família Grace: Carlo Grace e sua mulher Constance, o filho deles, Myles, a moça ou jovem mulher que eu tinha certeza de não ser a menina cujo riso eu tinha ouvido no primeiro dia, com todos seus pertences ao redor, as cadeiras dobráveis, as xícaras de chá e garrafas de vinho branco, a reveladora saia de Connie Grace, o chapéu engraçado, o jornal e o cigarro do marido, a varinha de Myles e o maiô da moça, largado na areia, em rugas encharcadas e marcadas de um dos lados por uma franja de areia, como alguma coisa afogada que o mar tivesse devolvido à praia.

Não sei quanto tempo Chloe tinha passado no alto da duna antes de pular. Podia estar lá desde o início, me espiando espiar os outros. Primeiro era uma silhueta, com o sol por trás transformando seus cabelos curtos num elmo resplandecente. Em seguida ergueu os braços e, com os joelhos juntos, atirou-se do topo da encosta da duna. O ar inflou por alguns instantes as pernas do seu short. Estava descalça, e pousou nos calcanhares, provocando um jorro de areia. A moça debaixo da toalha — Rose, dê logo o nome dela também, tadinha da Rose — emitiu um breve grito de susto. Chloe oscilou um pouco, os braços ainda erguidos e os calcanhares na areia, e pareceu que ia desabar, ou pelo menos cair sentada, mas ela conseguiu manter o equilíbrio, dando um sorriso maldoso de lado para Rose, que teve os olhos atingidos pela areia e fazia uma cara de peixe, sacudindo a cabeça e piscando muito. "*Chlo-e!*", disse a sra Grace, uma lamúria em tom de censura, mas Chloe a ignorou, avançou e se ajoelhou na areia ao lado do irmão, tentando arrancar a varinha das mãos dele. Eu estava deitado de bruços numa toalha com o rosto apoiado nas mãos, fingindo ler um livro. Chloe sabia que eu estava olhando para ela, e deu a impressão de que não se incomodava. Quantos anos teríamos, dez, onze? Digamos onze, deve ser isso. Seu peito era liso como o de Myles, seus quadris não eram mais largos do que os meus. Usava uma camiseta branca para fora do short. Seus cabelos desbotados pelo sol eram quase brancos. Myles, envolvido numa batalha para conservar a posse de sua varinha, arrancou-a finalmente das mãos dela e deu-lhe uma varada nos nós dos dedos, ao que ela disse "Ai!" e lhe deu um soco no esterno com o punho agudo e cerrado.

"Escutem só este anúncio", disse o pai deles para ninguém em especial, e leu em voz alta, rindo, do seu jornal. "*Janelas à vista. Procura-se representante de vendas de cortinas a prazo. Carteira de motorista necessária. Cartas para a caixa 23.*" Tornou a rir, tossiu, e, tossindo, ria. "Janelas à vista!" exclamou. "Essa é boa."

Como são inexpressivos os sons à beira-mar, inexpressivos mas ainda assim enfáticos, como o som de tiros à distância. Tanta areia deve ter um efeito silenciador. Embora eu não saiba dizer quando tive a ocasião de ouvir arma ou armas sendo disparadas.

A sra Grace serviu-se de vinho, provou um pouco, fez uma careta, sentou-se numa cadeira dobrável e cruzou as pernas firmes, balançando o chinelo. Rose se vestia desajeitada debaixo da toalha. Agora foi a vez de Chloe dobrar os joelhos, aproximá-los do peito — será uma coisa que fazem ou faziam todas as garotas, sentar-se daquele modo, na forma de um zê caído para a frente? — e segurar os pés com as mãos. Myles cutucou suas costelas com a varinha. "Papai", disse ela com uma irritação desanimada, "manda ele parar." O pai continuava a ler. O chinelo pendente de Connie Grace balançava acompanhando algum ritmo em sua cabeça. A areia à minha volta, ao sol forte, emanava seu misterioso cheiro de gato. No mar da baía, uma vela branca se agitou, cambou para estibordo e, por um segundo, o mundo ficou inclinado. Alguém, mais adiante na praia, chamava outra pessoa. Crianças. Banhistas. Um cachorro arruivado pelo-de-arame. A vela tornou a cambar para bombordo e ouvi claramente, por cima das águas, o som da lona que adejava antes de estalar. Então o vento amainou e, por um instante, tudo ficou parado.

Estavam jogando alguma coisa, Chloe, Myles e a sra Grace, as crianças jogando uma bola um para o outro por cima da cabeça da mãe, que corria e saltava tentando pegá-la, quase sempre em vão. Quando ela corre a saia ondula atrás dela e não consigo tirar os olhos da pequena protuberância preta no ápice inferior de seu ventre. Ela pula, ofegante, dando gritos arquejantes e rindo. Seus seios balançam. A imagem dela é quase alarmante. Uma criatura com tantos relevos e protuberâncias de carne não devia se agitar tanto assim, isso acaba prejudicando alguma coisa lá dentro, algum arranjo delicado de tecido adiposo e cartilagens peroladas. Seu marido baixou o jornal e também a observa, cofiando a barba com os dedos debaixo do queixo e sorrindo friamente, os lábios um pouco repuxados deixando ver os belos dentes pequenos e regulares e suas narinas vorazes dilatadas, como se tentasse captar de longe o cheiro dela. Tem um ar excitado, divertido e de um leve desprezo; parece desejar que ela caia na areia e se machuque; imagino bater nele, dar-lhe um soco no centro exato de seu peito peludo, como fez Chloe com o irmão. Já conheço essas pessoas, já sou um deles. E me apaixonei pela sra Grace.

Rose emerge da toalha, de camisa vermelha e calças pretas, como a assistente de um mágico debaixo da capa forrada de escarlate do ilusionista, e se esforça para não olhar na direção de nada, especialmente da mulher que brinca com os filhos.

Abruptamente, Chloe perde interesse no jogo, se vira e cai deitada na areia. E irei conhecer muito bem essas guinadas súbitas de humor, essas suas cismas repentinas. A mãe a chama para voltar a brincar, mas ela não responde. Está deitada de lado, apoiada num dos cotovelos e com os tornozelos cruzados, fitando o mar além de mim, com os olhos apertados. Myles dança diante dela imitando um chimpanzé, abanando as mãos debaixo das axilas e produzindo sons desconexos. Ela faz de conta que ele é transparente. "Pestinha", diz a mãe para a filha estraga-prazeres, em tom quase complacente, e volta a sentar-se em sua cadeira. Está sem fôlego, e as encostas suaves e cor de areia de seu busto sobem e descem. Ergue a mão para afastar a mecha de cabelo colada à testa úmida e me fixo na sombra secreta debaixo de sua axila, num tom arroxeado de ameixa, a cor de minhas úmidas fantasias por muitas noites vindouras. Chloe está amuada. Myles se entrega de novo a escavar violentamente a areia com sua varinha. O pai deles dobra o jornal e aperta os olhos para o céu.

Rose examina um botão solto na sua blusa. As pequenas ondas se erguem e quebram, o cachorro arruivado late. E a minha vida está mudada para sempre.

Mas também, em qual momento, de todos os nossos momentos, a vida não é totalmente transformada, de fora a fora, até a final e mais momentosa de todas as mudanças?

Passávamos as férias aqui todo verão, meu pai, minha mãe e eu. Mas não era assim que descreveríamos a situação. *Viemos aqui para as férias*, é assim que diríamos. Como é difícil falar agora como eu falava naquele tempo. Viemos aqui para as férias todo verão, por muitos e muitos anos, até o meu pai fugir para a Inglaterra, como os pais às vezes faziam, naquele tempo, e ainda fazem, diga-se de passagem. O chalé que alugávamos era uma miniatura de casa numa escala só um pouco menor que a da vida real. Tinha três cômodos, uma sala na frente que também era cozinha e dois quartinhos nos fundos. Não havia teto, só as abas inclinadas do telhado vistas de baixo, forradas de papel alcatroado. As paredes eram revestidas de tábuas involuntariamente elegantes, estreitas e chanfradas, que nos dias de verão cheiravam a tinta e resina de pinheiro. Minha mãe cozinhava num fogareiro a querosene, cuja entrada apertada do reservatório de combustível me proporcionava um obscuro prazer furtivo quando eu recebia a ordem de limpá-lo, empregando para a tarefa um delicado instrumento feito de uma tira de metal flexível com um filamento enrolado de arame rígido projetando-se de sua ponta em ângulo reto. Eu me pergunto onde andará, aquele pequeno fogareiro Primus a querosene, tão robusto e confiável? Não havia eletricidade, e passávamos as noites à luz de um lampião. Meu pai trabalhava em Ballymore e voltava de trem ao fim da tarde, tomado de uma fúria muda, as frustrações de seus dias pendendo como malas de seus punhos cerrados. O que faria minha mãe com o tempo dela quando ele saía e eu não ficava em casa? Eu a imagino sentada à mesa forrada de linóleo naquela casinha de madeira, a cabeça apoiada numa das mãos, acalentando suas contrariedades ao longo dos dias intermináveis. Ela ainda era jovem, os dois eram jovens, meu pai e minha mãe, mais jovens sem dúvida do que sou hoje. Como é estranho pensar nisso. Todo mundo hoje parece mais jovem do que eu, até os mortos. E imagino os dois lá, meus pobres pais, brincando rancorosos de casinha na infância do mundo. A infelicidade deles era uma das constantes dos meus primeiros anos de vida, um zumbido alto e incessante só um pouco mais grave do que captavam meus ouvidos. Eu não odiava os dois. E os amava, provavelmente. É só que eles estavam no meu caminho, obstruindo minha visão do futuro. Com o tempo eu aprenderia a enxergar através dos meus pais, meus parentes transparentes.

 Minha mãe só entrava na água bem no alto da praia, longe dos olhos dos frequentadores do hotel e das ruidosas aglomerações dos excursionistas de um dia só. Lá onde ela ia, depois do ponto onde começava o campo de golfe, havia um permanente banco de areia a uma certa distância da beira que encerrava uma lagoinha rasa quando a maré chegava à altura certa. Naquelas águas densas ela chapinhava com um prazer miúdo e desconfiado, sem nadar, pois não sabia nadar, mas estendida ao comprido na superfície e apoiando-se no fundo com as mãos para se deslocar, concentrada em manter a boca acima do nível das pequenas ondulações. Usava um maiô elástico de um cor-de-rosa de rato, com um saiote deselegante logo abaixo da virilha. Seu rosto me parecia nu e indefeso no aperto de sua touca de borracha. Meu pai nadava razoavelmente bem, avançando como se escalasse um paredão na horizontal com braçadas mecânicas e alguma dificuldade, com uma careta arquejante de lado e um olho em sobressalto. Ao final de um trecho curto ele se levantou, arquejando e cuspinhando, os cabelos colados na cabeça, as orelhas apontando para fora e o short preto protuberante, e se pôs de pé com as mãos nas cadeiras, contemplando os esforços desajeitados de minha mãe com um leve sorriso sardônico, enquanto um músculo em sua mandíbula latejava. Jogou água no rosto dela, agarrou seus pulsos e, caminhando de costas, a puxou pela água. Ela fechou os olhos com força e gritou furiosa, pedindo-lhe que parasse. Acompanhei esses folguedos tensos num paroxismo de asco. Finalmente ele a soltou e se voltou para mim, virando-me de cabeça para baixo, agarrando-me pelos calcanhares e me empurrando para a frente, como se eu fosse um carrinho de mão, até a beira do banco de areia, sempre rindo muito. Como eram fortes as mãos dele, feito algemas de ferro frio e flexível, ainda sinto a violência do seu aperto. Era um homem violento, um homem de gestos violentos e piadas violentas, mas tímido também, não admira que nos tenha deixado, que tenha tido de nos deixar. Eu engoli água e me contorci para me livrar em pânico do seu domínio, pus-me de pé num salto e fiquei parado em meio à espuma, engasgado e com ânsias de vômito.

Chloe Grace e seu irmão estavam de pé na areia dura à beira da água, olhando.

Usavam short, como sempre, e estavam descalços. Pude ver como eram notavelmente parecidos. Vinham catando conchas, que Chloe carregava num lenço com os cantos amarrados para formar uma sacola. Ficaram ali de pé olhando para nós sem expressão, como se aquilo fosse um espetáculo, um número de comédia encenado para eles mas que não acharam muito interessante nem engraçado, só estranho. Tenho certeza de que fiquei ruborizado, embora cinzento e arrepiado de frio, com uma consciência aguda da fina torrente de água do mar que escorria num arco infindável da frente encharcada e pendente do meu calção. Estivesse a meu alcance, eu teria cancelado no ato meus pais que me enchiam de vergonha, os teria feito estourar como bolhas de espuma, minha mãe gordota de cara nua e meu pai cujo corpo podia ser todo de banha. Um vento atingiu a praia em cheio, varreu tudo obliquamente com uma nata de areia seca, e depois atingiu a água, fragmentando a superfície em pequenas lascas afiadas de metal. Estremeci, não mais de frio mas como se alguma coisa tivesse passado através de mim, silenciosa, veloz, irresistível. O par na praia deu-me as costas e partiu de volta na direção do cargueiro naufragado.

Terá sido nesse dia que percebi que os dedos dos pés de Myles eram unidos por uma membrana?

A srta Vavasour está tocando piano no andar de baixo. Procura tocar as teclas muito de leve, tentando não ser ouvida. Tem medo de me perturbar, envolvido que estou aqui em cima em labores imensos e inimaginavelmente importantes. Ela toca Chopin muito direitinho. Só espero que não comece a tocar John Field, nosso gênio local, o que eu não poderia suportar. Nos primeiros dias tentei interessá-la em Fauré, especialmente os últimos noturnos, que admiro imensamente. Cheguei a comprar as partituras para ela, encomendando-as de Londres a um custo considerável. Foi excesso de ambição da minha parte. Ela diz que não consegue entender aquelas notas com os dedos. *Ou mais provavelmente a sua cabeça*, deixo de responder. Pensamentos desleais, desleais. Espanta-me que nunca se tenha casado. Foi linda, no passado, a seu modo emotivo. Hoje usa os longos cabelos grisalhos, antes tão negros, presos num coque apertado atrás da cabeça, trespassados por duas varetas cruzadas do tamanho de agulhas de tricô, um estilo que me sugere, de maneira totalmente imprópria, uma casa de gueixas. A nota japonesa se estende ao roupão com cinto que lembra um quimono e ela sempre usa pela manhã, de seda estampada com um motivo de passarinhos coloridos e frondes de bambu. Noutros momentos do dia dá preferência à sensatez do *tweed*, mas à hora do jantar sempre pode nos surpreender, ao Coronel e a mim, surgindo farfalhante num vestido comprido verde-limão acompanhado de um turbante, ou com um bolero escarlate em estilo espanhol combinado com calças pretas colantes e belos chinelinhos abertos de verniz preto. É em tudo a velha senhora elegante, e registra com um silencioso bater de pálpebras meus olhares de aprovação.

    The Cedars não conservou quase nada do passado, ou da parte do passado que lá conheci. Eu esperava alguma coisa que me lembrasse a família Grace, por menor que fosse ou mais insignificante, uma foto desbotada, digamos, esquecida numa gaveta, um cacho de cabelos ou mesmo um grampo de cabelo encravado entre as tábuas do assoalho, mas não encontrei nada,

nada disso. E nem uma memória da atmosfera, tampouco, para servir de consolo. Imagino que a passagem de tanta gente viva por ali — trata-se de uma pensão, no fim das contas — tenha acabado por eliminar qualquer vestígio dos mortos.

Como o vento hoje sopra descontrolado, esmurrando as vidraças com seus punhos imensos mas moles e ineficazes. É o tipo de clima de outono, tempestuoso mas claro, que sempre amei. Acho o outono estimulante, como se imagina que a primavera seja para os demais. O outono é a época de trabalhar, nisso concordo inteiramente com Púchkin. Ah, sim, Aleksandr e eu, ambos outubristas. Instalou-se uma constipação generalizada, porém, nada puchkiniana, e não consigo trabalhar. Mas permaneço à minha mesa, empurrando os parágrafos para cá e para lá como os tentos de um jogo que não conheço mais. A mesa é um móvel pequeno e frágil, com um tampo móvel que não inspira confiança, que a srta V. carregou em pessoa escada acima, apresentando-me com uma certa intencionalidade encabulada. *Gosto, coisa de madeira, quando estalas.* E ainda tenho minha cadeira giratória de capitão de navio, igual à que tive em algum apartamento que alugamos anos atrás, Anna e eu, e ela até emite o mesmo gemido quando me recosto nela. A criação em que eu devia estar empenhado é uma monografia sobre Bonnard, um projeto modesto em que permaneço atolado há tantos anos que já parei de contar. Um grande pintor, a meu ver, sobre o qual, como tempos atrás finalmente percebi, não tenho nada de original a declarar. Belas-a-Banhar, é o apelido que Anna lhe deu, e sempre repetia com uma risada. *Bonnard, Bonn'art, Bon'nargue.* Não, não consigo criar nada, só produzir esses rabiscos.

De qualquer maneira, criação não é palavra que eu aplicaria ao que faço. Criação é um termo grande demais, sério demais. Os criadores criam. Os grandes criam. Quanto a nós, homens medianos, não existe palavra suficientemente modesta que ainda assim seja adequada para descrever o que fazemos, e como. Amor à arte eu não aceito. Amadores têm amor à arte, enquanto nós, a classe ou o gênero de que estou falando, somos acima de tudo profissionais. Produtores de papel de parede, como Vuillard ou Maurice Denis, foram tão diligentes — eis mais uma palavra-chave — quanto seu amigo Bonnard, mas a diligência não basta, nunca basta. Não somos refratários ao trabalho, não somos preguiçosos. Na verdade, somos dotados de uma energia frenética, em espasmos, mas livres, fatalmente livres, do que poderia ser chamado de maldição da perpetuidade. Terminamos as coisas que fazemos, enquanto os verdadeiros criadores, como afirmou o poeta Valéry, acredito que foi ele, jamais terminam uma obra, limitam-se a abandoná-la. Uma bela vinheta nos mostra Bonnard no Museu do Luxembourg com um amigo, na verdade Vuillard, se não me engano, que se encarrega de distrair o vigia do museu enquanto saca sua caixa de tintas e refaz um trecho de um quadro seu em exibição ali havia anos. Os verdadeiros criadores morrem todos nas vascas da frustração. Tanta coisa a fazer, e tanto que fica a ser feito!

Ai. Mais uma vez a pontada. Não tenho como deixar de me perguntar se poderá ser o presságio de alguma coisa séria. Os primeiros sinais de Anna foram dos mais sutis. Virei um especialista e tanto em questões médicas no ano passado, o que não é de admirar. Por exemplo, sei que formigamentos nas extremidades são um dos primeiros sintomas da esclerose múltipla.

E o que eu sinto parece um formigamento, só que mais pronunciado. É uma estocada ardida, ou uma série de estocadas, no braço, ou na nuca, ou, em certa ocasião memorável, na parte superior da junta do meu dedão do pé direito, o que me fez sair pulando pelo quarto numa perna só e mugindo num desconforto deplorável. A dor, ou a ardência, embora breve, muitas vezes é aguda. É como se testassem meus sinais vitais; os sinais de que sinto alguma coisa; os sinais de que estou vivo.

    Anna costumava rir de mim por ser tão hipocondríaco. E me chamava de *dr Max*. *Como está passando o dr Max, alguma indisposição?* E tinha razão, claro, sempre fui dado a lamúrias, exagerando a mais ligeira dor ou pontada.

    E lá está aquele tordo, que chega voando de algum lugar toda tarde e se empoleira na moita de azevinho ao lado do galpão do jardim. Percebo que ele prefere sempre fazer as coisas de três em três, saltando de um galho alto para um mais baixo e outro ainda mais baixo onde para e emite três vezes sua nota aguda e assertiva. Toda criatura tem seus hábitos. E agora, do outro lado do jardim, o gato vira-lata de um vizinho surge colado ao chão, avançando a passos macios de leopardo. Cuidado, passarinho. A grama precisa ser cortada, mais uma única vez já basta por este ano. Eu devia me oferecer para a tarefa. A ideia me ocorre e na mesma hora lá estou eu, em mangas de camisa manchada de suor e calças arregaçadas, tropeçando atrás da máquina, colmos de grama na boca e moscas zumbindo em torno da minha cabeça. Estranho, o número de vezes que me enxergo assim nos últimos dias, a uma certa distância, sendo outra pessoa e fazendo coisas que só um outro faria. Cortar a grama, francamente. O galpão, embora meio desabado, é até bonitinho quando encarado com simpatia, com suas madeiras convertidas pela exposição ao tempo a um cinza sedoso e prateado, como o cabo de um implemento muito usado, uma pá, por exemplo, ou um machado de confiança. O velho Belas-a-Banhar conseguiria capturar essa textura com exatidão, o lustro e o brilho sereno dessa superfície. *Tsiu tsiriu tsiu tsiu.*

Claire, minha filha, escreve para perguntar como estou indo. Não muito bem, sinto muito, clara Clarinda, na verdade nada bem. Ela não telefona porque eu disse a ela que não atendo, mesmo sendo ela. Não que alguém me telefone, pois só a ela revelei aonde estava indo. Que idade ela terá hoje, vinte e alguma coisa, não sei ao certo. É muito inteligente, muito lida. Mas não é bonita, o que tive de admitir para mim mesmo um bom tempo atrás. Não tenho como fazer de conta que não fiquei decepcionado, pois esperava que ela fosse ser uma nova Anna. Ela é alta e rígida demais, seus cabelos cor de ferrugem são crespos, incontroláveis e se espalham de maneira desarmônica em volta de seu rosto sardento, e quando ela sorri exibe as gengivas superiores, lustrosas e de um rosa esbranquiçado. Com as pernas finas e o traseiro grande, esse cabelo, e especialmente o pescoço comprido — pelo menos alguma coisa ela herdou da mãe —, sempre me lembra, desgraçadamente, a Alice desenhada por Tenniel depois de comer um naco do cogumelo mágico. Ainda assim, Claire é corajosa e faz o melhor que pode consigo mesma e com o mundo. Tem o comportamento deplorável, o senso de humor pesado e sombrio, comum a tantas moças sem atrativos. Caso chegasse aqui agora, entraria direto e desabaria no meu sofá, enfiando as mãos entrelaçadas tão fundo entre os joelhos que os nós dos dedos quase encostariam no chão, franzindo os lábios e inflando as bochechas para dizer *Pah!* e lançar-se numa ladainha dos percalços cômicos que lhe aconteceram desde o nosso último encontro. Querida Claire, minha doce menina.

Ela veio comigo para cá, quando estive pela primeira vez em Minibourne Ballyless depois daquele sonho, o sonho em que eu caminhava pela neve de volta para casa. Acho que estava preocupada, com a ideia de que eu pudesse estar inclinado a me matar por afogamento. Ela não deve saber o quanto sou covarde. A viagem me lembrou os velhos tempos, pois ela e eu sempre gostamos de um bom passeio. Quando era pequena e não conseguia dormir à noite — tinha insônia desde sempre, exatamente como o pai — eu a punha no carro, embrulhada num cobertor, e percorria quilômetros pela estrada do litoral, ao longo do mar tristonho, cantarolando as músicas cujas letras eu conhecesse pelo menos um pouco, o que em vez de embalar seu sono a fazia bater palmas com um deleite não totalmente zombeteiro e gritar pedindo mais. Certa vez, mais adiante, chegamos a sair numa viagem conjunta de carro nas férias, só nós dois, mas foi um erro, a essa altura ela já era adolescente e logo ficou farta dos vinhedos, dos *châteaux* e da minha companhia, e me importunou com sua voz estridente, sem trégua, até eu desistir e trazê-la de volta antes do previsto. E nossa viagem até aqui, no fim das contas, acabou não tendo um fim muito melhor.

Era um dia suntuoso, ah, um dia de outono realmente suntuoso, todo cobres e ouros bizantinos encimados por um céu de Tiepolo de azul esmaltado, a paisagem rural toda fixada e coberta de verniz, parecendo não tanto ela mesma mas seu próprio reflexo na superfície imóvel de um lago. Era o tipo de dia em que, ultimamente, o sol para mim é o olho gordo do mundo que me observa com deleite enquanto me contorço de sofrimento. Claire usava um sobretudo comprido de camurça havana que, no calor que reinava no carro, emanava um cheiro tênue mas inconfundivelmente carnal que me perturbava, embora eu não tenha reclamado. Sempre sofri de uma percepção provavelmente aguda além da conta da mistura de aromas que emana das confluências humanas. Ou talvez dizer que sofro seja a palavra errada. Gosto, por exemplo, do odor acastanhado do cabelo das mulheres quando precisa ser lavado. Minha filha, uma solteirona muito meticulosa — infelizmente, estou convencido de que nunca irá se casar —, de ordinário não tem cheiro nenhum, pelo menos que eu consiga detectar. E é mais uma das muitas maneiras em que difere da mãe, cujo aroma forte de animal selvagem, para mim a fragrância concentrada da própria vida, que os perfumes mais fortes não conseguiam encobrir, foi a primeira coisa nela que me atraiu, tantos anos atrás. As minhas mãos hoje, misteriosamente, trazem um vestígio do mesmo cheiro, o cheiro dela, e não consigo eliminá-lo, por mais que eu as esfregue. Em seus últimos meses, ela cheirava, nos dias melhores, a farmacopeia.

Quando chegamos me espantei ao ver quanto ainda existia da cidadezinha que eu lembrava, ainda que apenas para olhos que soubessem onde procurar, os meus, melhor dizendo. Foi como reencontrar uma antiga paixão atrás de cujos traços espessados pela idade ainda se podiam discernir com clareza os contornos mais delgados de uma pessoa anterior e tão amada. Passamos pela estação de trem deserta e atravessamos aos solavancos a pontezinha em arco — ainda intacta, ainda no lugar!

— em que meu estômago no ponto mais alto sentiu a decolagem brusca de que eu me lembrava para pairar um segundo antes de cair, e lá estava tudo à minha frente, a rua subindo a encosta, a praia ao fundo e o mar. Não parei em frente à casa mas reduzi a velocidade quando passamos. Há momentos em que o passado assume uma força tamanha que parece capaz de nos aniquilar.

"Era aquela a casa!" disse eu a Claire em tom excitado. "The Cedars!" Na estrada eu lhe tinha contado tudo, ou quase tudo, sobre a família Grace. "Era lá que eles ficavam."

Ela se virou em seu assento para olhar.

"E por que você não parou?" perguntou ela.

O que eu poderia responder? Que fui tolhido por uma timidez paralisante de uma hora para a outra, ali no meio do mundo perdido? Segui de carro, e enveredei pela Strand Road. O Strand Café não existia mais, e seu lugar estava ocupado por uma casa larga, baixa e incrivelmente feia. E lá estavam os dois hotéis, menores e mais acabados, é claro, do que na memória que eu mantinha deles, o Golf ostentando em sua importância uma bandeira pomposa no telhado. Mesmo de dentro do carro dava para ouvir as palmeiras do gramado em frente estalando distraídas suas frondes secas, som que em purpúreas noites estivais de um passado distante pareciam conter a promessa de toda a Arábia. Agora, sob a luz brônzea do sol da tarde de outubro — as sombras já se alongavam — tudo adquiria uma aparência singularmente desbotada, como nas fotos de uma série de antigos cartões-postais. O armazém-correio-bar de Myler tinha inchado até converter-se numa vistosa superloja tendo à frente um estacionamento pavimentado. Lembrei-me de como, numa tarde deserta, silenciosa e estonteada de sol meio século antes, emparelhara-se comigo no caminho de cascalho à frente da Myler um cachorro pequeno de aparência inofensiva que, quando lhe estendi a mão, exibiu-me os dentes no que, por equívoco, tomei por um sorriso insinuante e me mordeu no pulso com um bote incrivelmente veloz das mandíbulas antes de sair correndo com um riso abafado, ou pelo menos assim me pareceu; e como quando cheguei em casa minha mãe me repreendeu amargamente por minha burrice em estender a mão ao animal e me mandou ir sozinho ver o médico local que, elegante e muito fino, aplicou um curativo apressado sobre o belo inchaço arroxeado do meu pulso e depois me mandou tirar a roupa toda e me sentar em seu joelho para que, com sua mão irresistivelmente branca, gordinha e bem manicurada colada à porção mais baixa do meu abdômen, pudesse me demonstrar a maneira certa de respirar. "Você enche a barriga de ar, em vez de encolher a barriga para dentro, entendeu?", perguntou-me ele baixinho, ronronando, o calor de seu rosto grande e delicado atingindo em cheio a minha orelha.

Claire deu um riso descorado. "O que deixou a marca mais duradoura", perguntou ela, "os dentes do cachorro ou as mãozinhas do médico?"

Mostrei-lhe meu pulso, onde, na pele que cobre a apófise estiloide do cúbito, ainda se veem as cicatrizes vestigiais produzidas pelo par de caninos do canino.

"Não era Capri", respondi, "e o dr Ffrench não era Tibério."

A verdade é que só tenho memórias gratas daquele dia. Ainda me lembro do aroma do café de depois do almoço no hálito do médico, e dos olhos de peixe que sua governanta revirava enquanto me conduzia até a porta da frente.

Claire e eu chegamos ao Campo.

A verdade é que não é mais um campo mas um desolado condomínio de férias no qual se acotovelam em desordem supostos bangalôs pré-fabricados mas de material inferior, desenhados, desconfio, pelo mesmo projetista de mãos trôpegas responsável pelos atentados ao olhar construídos aqui no fundo do jardim. Entretanto, fiquei feliz de ver que o nome dado ao lugar, ainda que fajuto, é The Lupins, e que o empreendedor, pois presumo que tenha sido o empreendedor, tenha até poupado algumas moitas alentadas dessa modesta planta silvestre — *Lupinus*, gênero de papilionáceas, acabei de conferir — ladeando o portão ridículo e pomposo em estilo supostamente gótico pelo qual se ingressa nele vindo da rua. Era ao pé das moitas de lupino que meu pai em semanas alternadas, na mais escura meia-noite, munido de pá e lanterna e resmungando palavrões, abria um buraco na terra macia e arenosa e nele enterrava o depósito lodoso do nosso banheiro químico, que trazia até ali num balde. Jamais sinto o perfume vago mas estranhamente antrópico dessas flores sem ter a impressão de captar por trás dele um persistente bafo adocicado de caixa de gordura.

"Você não vai parar nunca?" perguntou Claire. "Estou começando a ficar enjoada."

Com a passagem dos anos, tenho a ilusão de que minha filha vem se aproximando de mim em idade e que a essa altura somos praticamente coetâneos. Deve ser consequência de ter uma filha inteligente assim — caso tivesse persistido, ela poderia ter-se tornado uma erudita muito mais refinada do que jamais serei. Além disso ela me compreende a um grau que me perturba e jamais se mostra indulgente com minhas fraquezas e excessos como outros que me conhecem menos e por isso têm medo de mim. Mas estou de luto, sofrendo, e careço de indulgência. Se existe uma versão demorada da confissão e da absolvição, é dela que estou precisando. *Por que não me deixa em paz*, gritei com ela na minha cabeça, *e me deixa passar direto pela mal-afamada The Cedars, pelo finado Strand Café, pelo condomínio The Lupins e pelo Campo que não existe mais, passar por todo esse passado, pois se parar hei de me dissolver inevitavelmente numa vergonhosa poça de lágrimas.* Com toda a humildade, porém, parei o carro à margem da estrada e deixei-a descer num silêncio amuado, batendo com força a porta como se me desferisse um soco no ouvido. O que eu teria feito para contrariá-la a esse ponto? Há momentos em que ela se mostra tão volúvel e temperamental quanto a mãe.

E então de repente, o mais improvável de tudo, por trás das aglomeradas cabanas de duende do The Lupins, lá estava a Duignan's Lane, o caminho esburacado de sempre, esgueirando-se entre sebes emaranhadas de pilriteiro e sarça cobertas de poeira. Como teria sobrevivido às depredações de caminhões e guindastes, de escavações tanto mecânicas quanto humanas? Por ali eu passava menino toda manhã, descalço com o bule amassado na mão, indo comprar o leite diário com Duignan, o criador de vacas, ou com sua mulher de alegria estoica e amplas ancas. Ainda muito depois de o sol ter nascido, o frescor úmido persistia aferrado ao pátio calçado de pedra, onde galinhas ciscavam com passos meticulosos em meio a seus próprios excrementos cor de cal e verde-oliva. Havia sempre um cachorro deitado, amarrado debaixo de uma carroça torta, que me avaliava atento quando eu passava por ele, caminhando na ponta dos pés para evitar que meus calcanhares entrassem em contato com a titica de galinha, e um cavalo de tiro branco e sujo que passava a cabeça por cima da meia-porta do celeiro e me encarava de lado com um olho irônico e cético meio encoberto por um topete que tinha exatamente o mesmo tom enfumaçado de branco cremoso de uma flor de madressilva. Eu não gostava de bater à porta da fazenda, com medo da mãe de Duignan, uma velha baixota e larga que parecia usar uma perna de pau de cada lado, arquejava ao respirar e fazia escorregar o pólipo pálido e úmido de sua língua por sobre o lábio inferior, e em vez disso preferia continuar à sombra violácea do celeiro esperando até Duignan ou sua mulher aparecer e me salvar do embate com a megera.

Duignan era um grandalhão de cabeça miúda com ralos cabelos cor de areia e cílios invisíveis. Usava camisas de chita sem gola que já eram obsoletas naquele tempo e calças frouxas enfiadas em botas de borracha enlameadas. Na área onde ficava o leite, enquanto o transferia com uma concha para o bule, falava comigo das garotas numa voz sugestivamente rouca e sussurrada — ele acabaria morrendo de uma doença na garganta — dizendo que eu devia ter uma namoradinha e querendo saber se me deixava beijá-la. Enquanto falava, mantinha o olho fixo no longo fio de leite que despejava no meu bule, sorrindo para si mesmo e batendo muito os cílios descorados. Embora repulsivo, exercia sobre mim um certo fascínio. Parecia sempre a ponto de revelar, como quem mostra uma figura obscena, alguma informação portentosa, nojenta e de interesse geral a que só os adultos tinham acesso. A área onde ficava o leite era uma cela baixa e quadrada, caiada de um branco tão intenso que era quase azul. Os latões de aço pareciam sentinelas baixas e atarracadas com chapéus sem aba, e cada um deles trazia uma roseta branca idêntica brilhando no ombro, no ponto onde se refletia a luz da porta. Grandes panelas rasas de leite cobertas de musselina, imersas em seu silêncio, descansavam no chão esperando a formação da nata, e havia uma batedeira manual de manteiga, à manivela, que eu sempre quis ver funcionando mas jamais consegui. O cheiro fresco e secreto do leite me fazia pensar na sra Grace, e eu sentia o impulso misteriosamente excitante de ceder às lisonjas de Duignan e falar-lhe sobre ela, mas me contive, sabiamente, sem dúvida.

Agora aqui estava eu de novo junto ao portão da fazendinha, a criança daqueles dias convertida num homem corpulento, grisalho e quase velho. Um letreiro mal pintado num dos esteios da porteira advertia os invasores de consequências funestas. Claire, atrás de mim, dizia alguma coisa sobre moradores do campo e espingardas de caça, mas não lhe dei atenção. Enveredei pelas pedras do pátio — ainda eram pedras! — com a sensação não de que andava mas avançava aos saltos, desajeitado como um balão de barragem semi-inflado, oscilando muito devido a sucessivas colisões que roubaram seu ar no passado. Lá estavam o celeiro e sua meia-porta. Um ancinho enferrujado apoiado na parede, no ponto onde antes ficava encostada a carroça de Duignan — ou seria a carroça uma falsa memória? A cela onde ficava o leite continuava lá também, mas sem uso, sua porta louca trancada a cadeado, contra quem era impossível imaginar, as vidraças das janelas imundas ou quebradas, e relva crescendo no telhado. Uma caprichosa varanda fora construída na parte dianteira da casa, uma espécie de coreto de vidro e alumínio sugerindo o olho rudimentar de um inseto gigante. Agora dentro dela a porta se abriu e uma jovem idosa apareceu, parando atrás do vidro para me examinar com ar hostil. Avancei às cegas, sorrindo e acenando com a cabeça, como um missionário alto e desengonçado se aproximando da minúscula rainha de alguma feliz tribo de pigmeus até ali poupada da conversão. Num primeiro momento cuidou de permanecer dentro da varanda enquanto eu falava com ela através do vidro, enunciando meu nome em voz muito alta e produzindo gestos agitados com as mãos. Ela ainda parada com o olhar fixo. Dava a impressão de uma jovem atriz longamente maquiada, mas não de maneira muito convincente, para parecer uma velha. Seus cabelos, tingidos da cor de graxa de sapatos marrom e reduzidos por um permanente a um aglomerado de ondas miúdas e lustrosas, eram volumosos demais para seu rosto miúdo e contraído, que rodeavam como um halo de densos espinhos, parecendo antes uma peruca que cabelo de verdade. Vestia um avental desbotado por cima de um suéter que só podia ter sido tricotado por ela própria, calças de veludo masculinas puídas nos joelhos, e botinhas azuis curtas de fecho-ecler feitas de um falso veludo azul da prússia, que eram o auge da moda entre as senhoras mais velhas quando eu era moço e depois disso parecem só ter sido usadas por mendigas e alcoólatras. Através do vidro, berrei-lhe que costumava passar as férias aqui quando criança, num chalé no Campo, e que sempre vinha até a fazenda pela manhã buscar o leite. Ela me escutou, assentindo com a cabeça, um bico se formando do lado de sua boca como se estivesse contendo o riso. Finalmente ela abriu a porta da varanda e saiu para o pátio. Em minha disposição de euforia semi-insana — é verdade, eu estava entregue a uma excitação ridícula — tive o impulso de abraçá-la. Num arranco, falei do casal Duignan, da mãe de Duignan, dos latões de leite, até do cachorro traiçoeiro. Ela continuava a assentir, arqueando uma sobrancelha aparentemente cética, e olhava para Claire atrás de mim, à minha espera no portão, os braços cruzados, engalfinhada consigo mesma em seu volumoso e caro casaco de gola de pele.

Avril, a jovem me disse que se chamava. Avril. E não me falou de sobrenome. Vagamente, como alguma coisa que se erguesse com esforço depois de um longo tempo parecendo morta, ocorreu-me a memória de uma garota de vestido sujo ao fundo, na sala com piso de pedra da casa da fazenda, carregando com ar negligente no braço gordinho e dobrado uma boneca rosada, careca e nua e me dirigindo um olhar de gnomo que nada seria capaz de desviar. Mas aquela pessoa à minha frente não podia ter sido aquela criança, que a essa altura teria, o quê, uns cinquenta e poucos anos? Pode ser que a criança lembrada fosse irmã dela, mas muito mais velha, ou melhor, nascida muito antes? Seria possível? Não, Duignan tinha morrido ainda jovem, com menos de cinquenta anos, de maneira que não era certamente possível que essa Avril fosse filha dele, visto que ele já era adulto quando eu era menino e... Minha mente empacou no meio dos seus cálculos como uma velha besta de carga confusa e exausta. Mas Avril, agora. Quem naquelas paragens teria conferido à própria filha um nome tão delicadamente vernal?

Tornei a perguntar sobre a família Duignan, e Avril respondeu que sim, Duignan tinha morrido — Christy? será que eu sabia que o primeiro nome de Duignan era Christy? — mas a sra D continuava viva, internada num asilo em alguma localidade do litoral. "Patsy tem uma fazendinha perto de Old Bawn e Mary foi para a Inglaterra, mas Willie, coitado, morreu." Assenti com a cabeça. Achei francamente deprimente, de uma hora para a outra, ter notícias deles, os rebentos da dinastia Duignan, tão sensatos ainda que apenas nos seus nomes, de uma realidade tão mundana. Patsy o produtor rural, Mary a emigrante e o pequeno Willie que morreu, todos comparecendo ao mesmo tempo à minha cerimônia memorial particular, como parentes pobres que não são convidados para um funeral mais fino. Não me ocorreu nada a dizer. Toda a euforia levitante do momento anterior se tinha dissipado, e eu me sentia excessivamente pesado em carnes, numa proporção incompatível com o momento, posto ali de pé a sorrir e assentir de leve com a cabeça enquanto o ar que ainda me restava não parava de vazar. Mas Avril ainda não se tinha identificado além do prenome, e parecia julgar que eu devia conhecê-la, devia tê-la reconhecido — mas como, ou de onde, muito embora se apresentasse no que tinha sido a entrada da casa da família Duignan? Perguntei-me como ela saberia tanto sobre a família Duignan se dela não fizesse parte, e me parecia seguro que não fazia, pelo menos não da família imediata, com todos os seus Willies, suas Marys e seus Patsys, nenhum dos quais podia ter sido um dos seus progenitores, o que a essa altura ela já me teria revelado. Na mesma hora, minha melancolia se cristalizou numa onda de ressentimento contra ela, como se por algum motivo seu tivesse decidido instalar-se ali recorrendo àquele disfarce inconvincente — o cabelo carregado de hena, as botinas de velhota — na intenção expressa de usurpar um recanto do meu passado mítico. A pele acinzentada do seu rosto, percebi, estava salpicada de sardas minúsculas. Não tinham o mesmo tom ferrugento das sardas de Claire, nem das maiores que antes se espalhavam por toda a superfície dos estranhos antebraços femininos de Christy Duignan, e nem, aliás, das sardas alarmantes que agora começavam a me aparecer no dorso das mãos e na pele pálida como a de um frango morto dos declives dos meus ombros, dos dois lados da clavícula, mas eram muito mais escuras, do mesmo tom de castanho opaco do casaco de Claire, pouco maiores que pontas de alfinete, sugerindo, sinto dizer, uma falta crônica e generalizada de limpeza. Traziam-me alguma coisa desconfortável à mente, mas não consegui atinar com o que era.

"É que, sabe", eu disse, "minha mulher morreu."

Não sei o que deu em mim para despejar assim essa confissão. E esperei que Claire atrás de mim não tivesse ouvido. Avril olhou para o meu rosto inexpressivamente, esperando sem dúvida que eu falasse mais. E o que mais eu poderia ter dito? Certas proclamações não admitem mais detalhes. Ela fez um gesto que denotava compaixão, encolhendo um dos ombros e erguendo um dos cantos da boca.

"É uma pena", disse ela num tom regular e sem variação. "Eu sinto muito." Mas de alguma forma, não parecia sentir nada.

O sol de outono caía enviesado no pátio, conferindo às pedras um lustro azul, e na varanda um vaso indiferente de gerânios apresentava as últimas flores incandescentes da estação. Francamente, este mundo.

No silêncio lanoso do Golf Hotel parecíamos, minha filha e eu, os dois únicos hóspedes que tinham. Claire quis um chá da tarde e quando pedi fomos encaminhados para uma estufa gélida e deserta nos fundos que dava para a praia e a maré vazante. Ali, apesar do ar glacial, pairava uma sugestão atenuada de farras passadas. Pairava um cheiro composto de cerveja derramada e fumaça de cigarro estagnada, e num tablado a um canto erguia--se um piano de armário que lembrava impossivelmente o Velho Oeste, com a tampa erguida, exibindo o sorriso falhado das suas teclas. Depois daquele encontro na fazendinha, eu me sentia trêmulo e melancólico, uma diva cambaleante nos bastidores ao final de uma noite desastrosa de agudos em falso, deixas perdidas e cenários em colapso. Claire e eu nos sentamos lado a lado num sofá e em seguida um rapaz canhestro de cabelos arruivados enfiado num paletó preto de garçom e calças com uma faixa do lado chegou com uma bandeja e a depôs com estrondo na mesa baixa à nossa frente antes de bater em retirada, tropeçando em seus sapatos grandes demais. O saquinho de chá é uma invenção vil, sugerindo a meu olho talvez excessivamente exigente algo que uma pessoa que descuidasse da descarga podia deixar boiando atrás de si numa privada. Servi-me de uma xícara do chá cor de turfa, que reforcei com algumas gotas do meu frasco de bolso — nunca deixar de contar com um suprimento de anestésico, eis uma coisa que aprendi neste último ano. A luz da tarde era suja e invernal, e uma verdadeira muralha de nuvens, densas e de um azul enlameado, formava-se no horizonte. As ondas arranhavam a areia branda ao longo da praia, tentando cravar-lhe as garras em defesa do terreno conquistado mas sempre fracassando. Havia mais palmeiras ali, desgrenhadas e compridas, a casca cinzenta de seus troncos parecendo espessa e dura como couro de elefante. Deviam ser de uma variedade muito robusta, para sobreviver à friagem daquele clima setentrional. Será que suas células lembravam o calor de fornalha do deserto? Minha filha parecia mergulhada em seu casaco, com as duas mãos em concha em torno da xícara, em busca do calor. Notei com uma pontada de angústia suas unhas que pareciam as de um bebê, num matiz claro de lilás. Uma vez pai, sempre pai.

Falei sobre o Campo, o chalé, a família Duignan.

"Você vive no passado", disse ela.

Pensei numa resposta afiada, mas parei. Ela tinha razão, no fim das contas. Imagina-se que a vida, a vida autêntica, seja toda luta, ação e afirmação infatigáveis, a vontade arremetendo com a cabeça rombuda contra os portões do mundo, ou coisa do tipo, mas quando olho para trás vejo que a maior parte das minhas energias sempre foi despendida na simples procura de um abrigo, de consolo, de, sim, admito, conforto. Conclusão surpreendente, para não dizer chocante. Antes, eu me via como uma espécie de bucaneiro que encarava tudo e todos com o cutelo nos dentes, mas hoje me vejo obrigado a reconhecer que essa visão era um delírio. Estar encerrado, protegido, garantido, é tudo que eu na verdade sempre quis, enfiar-me em alguma toca de temperatura uterina e ali me enrodilhar, a salvo do olhar indiferente do céu e dos efeitos danosos do ar inclemente. Eis por que o passado é o refúgio perfeito para mim e me apresso ansioso a procurá-lo, esfregando as mãos e desfazendo-me no caminho do frio do presente e do futuro mais frio ainda. Mesmo assim, que existência, na verdade, tem o passado? Afinal, ele é apenas o que o presente uma vez foi, presente que se foi, e nada além disso. Mesmo assim.

Claire encolheu a cabeça, como uma tartaruga, para bem dentro do casco do seu casaco, tirou os sapatos e encostou os pés na beira da mesinha. A visão de pés femininos calçando meias sempre me pareceu pungente. Acho que deve ser a maneira como os dedos se aglomeram gordamente uns contra os outros, acabando quase grudados. Os dedos dos pés de Myles Grace eram naturalmente, e contra a natureza, ligados. Quando ele os espalhava, o que conseguia fazer com grande facilidade, como se fossem dedos das mãos, as membranas que os uniam se esticavam multicores, rosadas, translúcidas e percorridas, como uma folha, por uma rede de finas veias vermelhas como uma chama abafada, a marca de uma pequena divindade, tão certa como a existência do paraíso.

    Lembrei de repente, como se me caísse do céu de um azul que se adensava no fim de tarde, a família de ursos de pelúcia que foram os companheiros de Claire por toda a infância. Objetos levemente repulsivos de aparência animada, era como eu os via. Debruçado à luz granulada do abajur de cabeceira para lhe dar boa-noite, eu me descobria, por cima da orla de seu cobertor, observado por meia dúzia de pares de olhinhos miúdos e vítreos de um castanho úmido, imóveis e sobrenaturalmente atentos.

    "Seus *lares familiares*", disse eu. "Imagino que ainda estejam com você, acomodados no seu leito de donzela?"

    Uma faixa muito enviesada de luz do sol se estendia ao longo da praia, tingindo a areia acima da linha da água de um branco de osso, e uma ave marinha também branca, cintilando contra a muralha de nuvens, ganhou altura com a ajuda de suas asas em foice, virou-se com uma guinada silenciosa e mergulhou, formando um ângulo muito fechado, no dorso revolto do mar. Claire permaneceu algum tempo imóvel, ali sentada, depois começou a chorar. Som nenhum, só as lágrimas, contas reluzentes de mercúrio ao último fulgor da luz marinha que se despejava pela alta parede de vidro à nossa frente. Chorar, dessa maneira silenciosa e quase incidental, é outra coisa que ela faz igualzinho à mãe.

"Você não é o único que está sofrendo", disse ela.

Sei tão pouco a respeito dela, na verdade, a minha filha. Um dia, quando ela era mais nova, doze ou treze anos, imagino, e pousada no umbral da puberdade, eu a surpreendi no banheiro, cuja porta ela se esquecera de trancar. Estava nua salvo pela toalha enrolada como um turbante apertado em torno da cabeça. Ela se virou para me olhar por cima do ombro envolta na luz calma da janela de vidro leitoso, sem acanhamento, contemplando-me na plenitude de si mesma. Seus seios ainda eram brotos, mas ela já tinha o traseiro grande em forma de melão. E o que eu terei sentido, ao vê-la ali? Um tumulto interior, revestido de ternura e uma espécie de medo. Dez anos mais tarde ela abandonou seus estudos de história da arte — Vaublin e o estilo *fête galante*; é assim, ou era, a minha filha — para tornar-se professora de crianças retardadas num dos cortiços cada vez mais numerosos e tumultuados da cidade. Que desperdício de talento. Não consegui perdoá-la, e ainda não consigo. Tento, mas não consigo. E tudo por causa de um rapaz, pretenso intelectual de pouco queixo e opiniões igualitárias radicais, em quem o coração dela se fixou. O caso, se é que aconteceu — desconfio que ela ainda seja virgem — terminou mal para ela. Depois de convencê-la a jogar para o alto o que teria sido o trabalho da sua vida em troca de um gesto social infrutífero, o desocupado escafedeu-se, deixando minha infeliz menina nessa má situação. Pensei em ir atrás dele e matá-lo. No mínimo, insisti com ela, deixe eu pagar um bom advogado para processá-lo por quebra de compromisso. Anna me disse para parar, que eu só estava piorando as coisas. Ela já estava doente. O que eu poderia fazer?

Do lado de fora, o anoitecer se espessava. O mar antes silencioso agora produzia um vago tumulto, talvez fosse a virada da maré. As lágrimas de Claire tinham parado mas persistiam no seu rosto, como se ela nem as tivesse percebido. Estremeci; ultimamente, cortejos completos de carpideiras não param de vagar insensíveis de um lado para o outro, pisando sempre na minha cova.

Um homem alto de fraque entrou pela porta que ficava atrás de nós e avançou sem um som com pés de lacaio, olhando para nós numa interrogação cortês antes de captar o meu olhar e tornar a ir embora. Claire fungou, e enfiando a mão num dos bolsos tirou um lenço em que assoou estentoreamente o nariz.

"Depende", respondi em tom contido, "do que você entende por sofrimento."

Ela não disse nada mas guardou o lenço, levantou-se e correu os olhos à sua volta, com a testa franzida, como se procurasse alguma coisa sem saber o que era. Disse que iria esperar-me no carro, e se afastou andando com a cabeça baixa e as mãos enfiadas no fundo dos bolsos daquela peliça em forma de casaco. Suspirei. Contra a abóbada cada vez mais escura do céu, as aves marinhas subiam e mergulhavam como frangalhos de pano velho. Percebi que estava com dor de cabeça, latejando despercebida no meu crânio desde que eu me acomodara naquela caixa de ar saturado encerrada em vidro.

O garçom jovem voltou, hesitante como uma raposa nova, e fez menção de retirar a bandeja, um cacho de cabelos cor de cenoura pendendo frouxo em sua testa. Com aquele colorido, bem podia ser mais um membro do clã de Duignan, pertencendo ao seu ramo mais novo. Perguntei como se chamava. Ele se deteve, curvou desajeitado o corpo para a frente a partir da cintura, e me olhou com um alarme especulativo por baixo de suas sobrancelhas claras. Seu paletó era lustroso, os punhos de sua camisa estavam manchados.

"É Billy", disse ele.

Eu lhe dei uma moeda, ele me agradeceu, guardou-a no bolso, pegou a bandeja e se virou, antes de hesitar de novo.

"Está tudo bem com o senhor?", perguntou.

Tirei as chaves do carro do bolso e olhei para elas, tomado de perplexidade. Tudo me parecia ser uma outra coisa. Respondi que sim, que estava tudo bem, e ele foi embora. O silêncio à minha volta era pesado como o mar. O piano no tablado sorria seu esgar de cadáver.

Quando eu deixava o saguão, deparei-me com o homem de fraque. Seu rosto era largo, ceroso, com os traços curiosamente indistintos. Curvou a cabeça para mim, radiante, os punhos cerrados na altura do peito num gesto exagerado, operático. O que essas pessoas têm que sempre me faz lembrar delas? Seu olhar era untuoso, mas ao mesmo tempo de algum modo ameaçador. Talvez eu devesse dar uma gorjeta para ele também. É como eu sempre digo: este mundo de hoje.

Claire estava à minha espera junto ao carro, os ombros curvados, as mãos agasalhadas nas mangas do casaco.

"Você devia ter me pedido a chave", disse eu. "Ou achou que eu não fosse entregar?"

No caminho para casa, ela fez questão de dirigir, malgrado minha vigorosa resistência. A essa altura era noite fechada, e ao clarão arregalado dos faróis formações sucessivas de árvores depenadas de cenário de terror assomavam de repente diante de nós e também bruscamente desapareciam, desfazendo-se na escuridão dos dois lados da estrada como que abatidas pela pressão da nossa passagem. Claire dirigia tão debruçada para a frente que seu nariz quase encostava no para-brisa. A luz que se elevava do painel como um gás verde conferia a seu rosto um tom espectral. Pedi que me deixasse dirigir. Ela disse que eu estava bêbado demais. Respondi que não estava bêbado. Ela disse que eu tinha tomado todo o frasco de bolso, que ela me vira esvaziar. Eu disse que ela não tinha o direito de me repreender daquele modo. Ela começou a chorar de novo, gritando entre as lágrimas. Eu disse que mesmo de cara cheia era menos perigoso ao volante do que ela naquele estado. E assim por diante, a pau e pedra, a unhas e dentes, como quiserem. Eu devolvia de primeira, ou dizendo-lhe as últimas, tudo que ela me falava, e lembrei, a simples título de corretivo, que ela havia passado boa parte, ou melhor, péssima parte — como a língua é imprecisa, como é inadequada às nossas necessidades — do ano que sua mãe precisara para morrer, comodamente fora do país, cuidando dos seus estudos, enquanto restava a mim lidar com a situação da melhor maneira possível. E essa acertou no meio do alvo. Ela deu um bramido rouco entre dentes cerrados e começou a esmurrar o volante com a base das palmas das mãos. E em seguida, passou a jogar todo tipo de acusação em cima de mim. Disse que eu tinha *afugentado Jerome*. Fiz uma pausa. Jerome? Jerome? Só podia ser, claro, o sujeito sem queixo mas com boas intenções — até parece que prestava para alguma coisa — e antigo objeto de seus favores. Jerome, isso mesmo, era o nome improvável do sacana. Mas como, me explique por favor, perguntei, em tom controlado, como foi que eu consegui *afugentar* Jerome? Ao que ela só respondeu jogando a cabeça para trás e soltando uma curta baforada de ar pelo nariz. Ponderei. É bem verdade que eu o tinha na conta de um pretendente a preterir, o que lhe declarei clara e diretamente em mais de uma ocasião, mas ela falava como se eu tivesse erguido um chicote ou disparado uma espingarda contra o rapaz. Além disso, se tinha sido minha oposição que *afugentara* Jerome, o que isso dizia do seu caráter ou de sua tenacidade de espírito? Não, não, era melhor para ela ver-se livre de um tipo como aquele, sem a menor dúvida. Mas não falei mais nada, guardei para mim minhas opiniões, e depois de uns dois ou quatro quilômetros o fogo que ardia nela arrefeceu. Eis uma coisa que descobri quanto às mulheres, se você esperar o bastante acaba ganhando qualquer disputa.

Quando chegamos em casa entrei direto, deixando por conta dela estacionar o carro, encontrei o telefone de The Cedars no catálogo, liguei para a srta Vavasour e lhe disse que queria reservar um dos seus quartos. Em seguida subi as escadas e me enfiei na cama de cueca. Estava muito cansado de uma hora para a outra. Brigar com a própria filha nunca é menos que debilitante. Eu já tinha me transferido a essa altura do que tinha sido o quarto de Anna e meu para o quarto de hóspedes em cima da cozinha, o antigo quarto de criança onde a cama era baixa e estreita, pouco mais que um catre. Escutava os movimentos de Claire na cozinha do andar de baixo, batendo pratos e panelas. Ainda não contara a ela que tinha resolvido vender a casa. No telefonema, a srta V. me perguntou quanto tempo eu planejava ficar lá. Seu tom me dizia que estava intrigada, até mesmo receosa. Respondi com uma imprecisão deliberada. Algumas semanas, respondi, meses, talvez. Ela ficou calada por um bom tempo, refletindo. Falou do Coronel, hóspede residente, disse ela, e muito apegado ao seu modo de vida. Não fiz nenhum comentário. O que eram coronéis para mim? Ela podia hospedar todo o estado-maior no seu estabelecimento que nem me incomodava. Ela disse que precisaria mandar lavar fora a minha roupa. Perguntei se lembrava quem eu era. "Ah, lembro", respondeu ela sem inflexão, "sim, claro que me lembro."

Ouvi os passos de Claire na escada. Sua fúria a essa altura tinha se esgotado, e ela arrastava os pés com esforço. Não duvido que também ache exaustivo discutir. A porta do quarto estava aberta mas ela não entrou, só perguntou em tom apático pelo vão se eu queria comer alguma coisa. Eu não havia acendido a luz do quarto e o trapezoide comprido e afunilado de luz que se espalhava pelo linóleo vindo do saguão onde ela se encontrava era um caminho direto para a infância, tanto a dela quanto a minha. Quando ela era pequena e dormia neste mesmo quarto, nesta mesma cama, gostava de ficar escutando o som da minha máquina de escrever vindo do escritório do andar de baixo. Era um som reconfortante, dizia ela, como se me ouvisse pensar, embora eu não consiga imaginar de que maneira o som dos meus pensamentos pudesse prestar conforto a quem quer que seja; muito antes o contrário, eu diria. Ah, mas como ficaram distantes, agora, aqueles dias, aquelas noites. Ainda assim, ela não devia ter gritado comigo no carro daquele jeito. Eu não mereço que gritem assim comigo. "Papai", disse ela de novo, dessa vez em tom de insistência, "você quer jantar ou não?" Não respondi, e ela foi embora. Quer dizer que vivo no passado, eu?

Virei-me para a parede, dando as costas para a luz. Mesmo de joelhos dobrados meus pés ainda sobravam para fora da cama. Enquanto eu me debatia em cima de um emaranhado de lençóis — nunca me dei muito bem com roupas de cama — captei uma baforada do meu próprio cheiro morno e azedo. Antes da doença de Anna eu tratava meu corpo físico com um certo asco afetuoso, nada mais, como a maioria das pessoas — como a maioria das pessoas trata seus respectivos corpos físicos, quero dizer, não o meu — necessariamente tolerante para com os produtos de minha triste e inescapável condição humana, seus vários eflúvios, as eructações frontais e traseiras, os corrimentos, as crostas, o suor e outras emanações habituais, e mesmo o que o Bardo de Hartford definia graciosamente como as "partículas de ínfera produção". Entretanto, quando o corpo de Anna a traiu e ela passou a sentir medo tanto dele quanto de suas possibilidades desconhecidas, desenvolvi, por um misterioso processo de transferência, uma repugnância da minha própria carne que me dá calafrios. Não tenho essa sensação de nojo de mim mesmo o tempo todo, ou pelo menos não tenho uma consciência permanente dela, que ainda assim deve estar presente, só esperando que eu me veja sozinho, à noite, ou especialmente de manhã cedo, quando ascende à minha volta como um miasma de gás do pântano. Adquiri também um fascínio repugnado pelos processos do meu corpo, os mais graduais, por exemplo a persistência de meus cabelos e unhas no crescimento, qualquer que seja meu estado ou a angústia que eu possa estar atravessando. Parece tão desatenciosa, tão negligente das circunstâncias, essa produção ininterrupta de matéria já morta, assim como os animais continuam entretidos em sua existência animal, inalterados ou indiferentes ao fato de que seu dono, estendido na cama fria do segundo piso com a boca aberta e os olhos vidrados, nunca mais irá descer para despejar a ração na tigela ou usar a chave para abrir aquela última lata de sardinhas.

E por falar em máquinas de escrever — pois falei, mencionei minha máquina de escrever minutos atrás — esta noite, num sonho, acabo de me lembrar, eu tentava escrever meu testamento numa máquina a que faltava a palavra *eu*. Quer dizer, a letra *I*, em inglês, tanto minúscula quanto maiúscula.

Aqui, à beira-mar, uma qualidade especial impregna o silêncio. Não sei se isso se deve a mim, melhor dizendo, se essa qualidade é alguma coisa que eu empresto ao silêncio do meu quarto, e mesmo de toda a casa, ou se é algum efeito local, devido à salinidade do ar, talvez, ou ao clima litorâneo de maneira geral. Não me lembro de tê-la percebido quando era mais jovem e passava férias no Campo. É um silêncio denso e ao mesmo tempo oco. Precisei de muito tempo, noites e noites, para identificar que lembrança ele me evoca. É o silêncio que conheci doente na minha infância, quando ficava deitado com febre no quarto, encasulado num monte quente e úmido de cobertores, o vazio pressionando meus tímpanos como o ar numa batisfera. A doença naqueles tempos era um lugar especial, um lugar à parte, onde ninguém mais entrava, nem o médico com seu estetoscópio que provocava calafrios nem mesmo a minha mãe quando pousava a mão fresca na minha testa em fogo. É um lugar semelhante àquele em que me sinto agora, a quilômetros de qualquer outra coisa ou pessoa. Penso nos demais ocupantes da casa, a srta Vavasour, e o Coronel, adormecidos em seus quartos, e me ocorre que talvez não estejam dormindo mas despertos, como eu, contemplando com olhos famintos a escuridão de um azul de chumbo. Talvez um esteja pensando no outro, pois o Coronel tem uma queda pela nossa castelã, estou convencido. Ela, contudo, ri dele pelas costas, não totalmente sem carinho, e o chama de coronel Blunder (coronel Trapalhada), ou Nosso Bravo Soldado. Certos dias ela acorda com os olhos debruados de vermelho, como se tivesse chorado a noite inteira. Será que se culpa por tudo que aconteceu e ainda sofre por isso? Pequenos vasos de sofrimento, é o que somos, singrando esse silêncio abafado pela escuridão do outono.

Era especialmente à noite que eu pensava na família Grace, deitado em minha estreita cama de metal no chalé debaixo da janela aberta, ouvindo a repetição monótona do colapso desigual das ondas na praia, o grito solitário de uma ave marinha insone e, às vezes, a risada distante de alguma gaivota, e os gemidos débeis e sincopados do conjunto de dança do Golf Hotel, tocando uma última valsa lenta, e minha mãe e meu pai na peça da frente brigando, como sempre quando achavam que eu estava dormindo, trocando desaforos num triturante tom abafado, toda noite, toda noite, até finalmente uma noite meu pai ir embora, e nunca mais voltar. Mas isso foi no inverno, noutro lugar, e dali a alguns anos ainda. Para fugir de tentar entender o que os dois diziam, eu me distraía inventando dramas em que salvava a sra Grace de alguma imensa calamidade generalizada, um naufrágio ou uma tormenta devastadora, e a conduzia para a segurança de uma caverna isolada, devidamente seca e aquecida, onde à luz da lua — a essa altura o transatlântico já tinha afundado, a tempestade já amainara — eu a ajudava com todo o carinho a tirar o maiô ensopado e enrolava numa toalha sua nudez fosforescente, nós dois nos estendíamos, ela apoiava a cabeça em meu braço, tocava meu rosto agradecida e suspirava, e assim adormecíamos juntos, ela e eu, acalentados pela vasta e suave noite de verão.

Naquele tempo eu vivia enlevado com os deuses. Não estou falando de Deus, o da inicial maiúscula, mas dos deuses em geral. Ou com a ideia dos deuses, ou melhor, a possibilidade dos deuses. Era um leitor entusiasmado e tinha um conhecimento razoável dos mitos gregos, apesar da dificuldade em acompanhar todos os personagens dessas histórias, tal a frequência com que se transformavam e tal a variedade de suas aventuras. Deles eu fazia uma imagem necessariamente estilizada — grandes figuras seminuas moldadas em argila, todas músculos nodosos e seios que eram funis invertidos — derivada das obras dos grandes mestres da Renascença italiana, especialmente Michelangelo, reproduções de pinturas que devo ter encontrado em algum livro, ou revista, eu que estava sempre à cata de ilustrações da carne exposta. E eram obviamente as proezas sexuais desses seres celestes que mais atraíam a minha imaginação. A ideia de toda aquela carne nua tensa e trêmula de tensão, plenamente exposta salvo pelas dobras marmóreas de um manto ou de uma faixa fortuita de gaze — fortuita, talvez, mas tão frustrante e eficaz na proteção do pudor quanto a toalha de praia de Rose ou, na verdade, o maiô de Connie Grace —, empanturrava minha fantasia inexperiente mas já superaquecida com devaneios de amor e transgressões amorosas, sempre na forma invariável de perseguição, captura e violenta subjugação. Dos detalhes dessas escaramuças no solo dourado da Grécia eu guardava pouco. Imaginava o movimento e o frêmito das coxas bronzeadas das quais os pálidos se afastam no momento preciso em que também se entregam, e ouvia os gemidos mesclados de êxtase e doce tormento. A mecânica do ato, porém, fugia ao meu alcance. Certa vez, em minhas andanças pelos caminhos ladeados de cardos da Grota, como era chamado o estreito braço de terra entre a praia e os campos, quase tropecei num casal estirado numa longa cavidade na areia, fazendo amor sob a proteção de uma capa de chuva. Seus esforços tinham feito a capa subir, de maneira que esta cobria suas cabeças mas não seus traseiros — ou talvez tenha sido assim que arrumaram as coisas, preferindo ocultar seus rostos, tão mais identificáveis, no fim das contas, que bundas — e a visão dos dois ali, os quadris do homem ritmicamente empenhados em malhar o soerguido osso da sorte da mulher de pernas muito abertas, fez alguma coisa inchar e adensar-se na minha garganta, uma golfada sanguínea de alarme e repulsa fascinada. *Quer dizer que é assim*, pensei, ou foi pensado por mim, *quer dizer que é isso que eles fazem*.

O amor entre os adultos. Era estranho imaginá-los, ou tentar imaginá-los, engalfinhados em seus leitos olímpicos na escuridão da noite só com as estrelas por testemunha, unha e sanha, arquejando palavras de amor, gritando de prazer como se doesse. E como justificariam aquelas proezas noturnas em suas existências à luz do dia? Isso era uma coisa que me intrigava imensamente. Por que não sentiam vergonha? Nas manhãs de domingo, por exemplo, chegam à igreja ainda formigando dos folguedos da noite de sábado. O padre os recebe à porta e eles sorriem sem culpa, murmurando palavras inócuas. A mulher mergulha as pontas de dedos na pia, dissolvendo vestígios dos fluidos amorosos mais tenazes na água benta. Debaixo de suas roupas dominicais as coxas dos dois ainda estão escoriadas pelos prazeres que rememoram. Os dois se ajoelham, indiferentes ao olhar sofrido e acusador que a estátua de seu Salvador fixa em ambos da cruz. Depois do seu almoço de domingo, talvez digam às crianças que saiam para brincar e se retirem para o santuário de seu quarto de cortinas cerradas para ali fazer tudo de novo, alheios aos olhos injetados de sangue da minha mente que os fitam sem piscar. Sim, eu fui esse tipo de menino. Ou melhor dizendo, existe uma parte minha que ainda é o tipo de menino que fui naquele tempo. Um monstrinho, noutras palavras, de mente imunda. Como se existisse algum outro tipo. Nós nunca crescemos. Eu, pelo menos, nunca cresci.

Atravessava os meus dias vagando pela Station Road, na esperança de um vislumbre da sra Grace. Passava pelo portãozinho de metal verde, reduzindo o passo até uma velocidade de sonâmbulo, e tentava induzi-la mentalmente a sair pela porta como seu marido saía no dia em que o vi pela primeira vez, mas ela teimava em ficar dentro de casa. Em desespero eu fiscalizava o varal de roupa lavada no jardim, mas só via as roupas das crianças, seus shorts, suas meias e uma ou duas peças da roupa de baixo de Chloe, desinteressantes de tão simples, e claro que as cuecas flácidas e cinzentas do pai, e certa vez, inclusive, seu chapéu de praia parecendo um balde, preso à corda num ângulo folgazão. A única roupa da sra Grace que cheguei a ver foi seu maiô preto, pendendo das tiras dos ombros, disforme e escandalosamente vazio, já seco e lembrando menos uma pele de foca que a pelagem de uma pantera. E tentava olhar pelas janelas, também, especialmente as dos quartos do andar de cima, e fui premiado um dia — como meu coração martelava! — com um vislumbre, do outro lado de uma vidraça na sombra, do que me pareceu uma coxa nua que só poderia ser dela. Mas a carne adorada trocou de posição e se transformou no ombro peludo do marido, sentado na privada, bem podia ser, e esticando o braço para o papel higiênico.

Houve um dia em que a porta de fato se abriu, mas foi Rose quem saiu, lançando-me um olhar que me fez baixar os olhos e apressar o passo para longe dali. Sim, desde o início Rose formou uma visão bem clara de mim. Que ainda tem, sem dúvida.

Decidi entrar na casa, andar por onde andava a sra Grace, sentar-me onde ela se sentava, tocar as coisas que ela tocava. Para tanto dediquei-me a conhecer Chloe e seu irmão. E foi fácil, como essas coisas eram na infância, mesmo para uma criança retraída como eu. Nessa idade ainda não dominamos a conversa fiada, os rituais de avanços e encontros corteses; simplesmente nos deslocamos para as proximidades um do outro e esperamos para ver o que acontece. Um dia vi os irmãos vagando pelo cascalho do lado de fora do Strand Café, reconheci os dois antes que me reconhecessem, atravessei a rua na diagonal até o local onde estavam e parei. Myles tomava um sorvete com uma concentração profunda, procurando lambê-lo por igual de todos os lados como uma gata lambe os filhotes, enquanto Chloe, imagino depois de acabar o sorvete dela, esperava por ele numa pose de tédio entorpecido, apoiada na porta de entrada do café com um dos pés calçados de sandália sobre o peito do outro e seu rosto erguido inexpressivamente para o sol. Eu não disse nada, e nem eles. Nós três só ficamos ali de pé ao sol do começo da manhã em meio ao cheiro de algas na praia, baunilha e o que passava no Strand por café, e finalmente Chloe se dignou a baixar a cabeça e assentar seu olhar na direção dos meus joelhos, perguntando como eu me chamava. Quando respondi ela repetiu meu nome, como se fosse uma moeda suspeita que mordia para ver se não era falsa.

"Morden?" disse ela. "Que nome é esse?"

Saímos andando devagar pela Station Road, Chloe e eu na frente e Myles com suas cabriolas atrás de nós, quase falei, em nossos calcanhares. Eles eram da cidade, contou Chloe. O que não era difícil de imaginar. Ela perguntou onde eu estava hospedado. Fiz um gesto vago.

"Daquele lado", disse eu. "Depois que você passa a igreja."

"Numa casa ou num hotel?"

Como ela era rápida. Cogitei de mentir — "na verdade, no Golf Hotel" — mas vi aonde a mentira podia me levar.

"Num chalé", respondi, num murmúrio.

Ela assentiu com a cabeça, pensativa.

"Eu sempre quis ficar num chalé", disse ela.

O que não me servia de consolo. Pelo contrário, fez-me ter uma imagem passageira mas muito árida e nítida do banheiro torto de madeira que se erguia do lado de fora, em meio aos lupinos bem em frente à janela do meu quarto, e tive até a impressão de captar uma baforada do odor amadeirado dos pedaços quadrados de jornal empalados no prego enferrujado do lado de dentro da porta.

Chegamos a The Cedars, paramos junto ao portão. O carro estava estacionado no cascalho. Tinha saído havia pouco, pois o motor estava esfriando e ainda estalava a língua para si mesmo, numa queixa implicante. Ouvi, vindos de dentro da casa, os sons de caramelo derretido de uma orquestra de baile tocando no rádio, e imaginei a sra Grace e seu marido dançando juntos, rodopiando ao redor da mobília, ela com a cabeça para trás e o pescoço oferecido, ele com os passos pequenos de suas peludas pernas traseiras de sátiro, sorrindo faminto para o rosto dela — que era de três a cinco centímetros mais alta que ele — com seus dentinhos aguçados à mostra e seus olhos de um azul gelado iluminados por uma luxúria vivaz. Chloe desenhava no cascalho com o bico de sua sandália. Seus calcanhares tinham uma fina pelagem branca mas suas canelas eram lisas e reluzentes como pedra. De repente Myles deu um pulo, ou um passo de dança, parecendo de alegria mas mecânico demais para sê-lo, como um boneco de corda que de repente adquirisse vida, deu-me um tapa brincalhão na nuca com a mão espalmada, girou e, com um riso sufocado, superou com agilidade as barras do portão e caiu no cascalho do outro lado, dando meia-volta para nos encarar e agachando-se com os joelhos e os cotovelos dobrados, como um acrobata esperando os aplausos que merecia. Chloe fez uma careta, abaixando um dos cantos da boca.

"Não preste atenção nele", disse num tom de irritação entediada. "Ele não fala."

Eram gêmeos. Eu nunca antes tinha estado com irmãos gêmeos, e me vi fascinado e, ao mesmo tempo, levemente repelido pelos dois. Pareceu-me que havia alguma coisa indecente nessa condição. É bem verdade que eram irmão e irmã, o que os impedia de serem idênticos — a simples ideia de gêmeos idênticos bastava para desencadear um calafrio de excitação secreta e misteriosa por minha espinha abaixo — mas ainda assim devia haver entre os dois uma intimidade terrivelmente profunda. Como seria? Mais ou menos o mesmo que ter uma única mente e dois corpos? Se fosse assim, o pensamento era quase repulsivo. Imagine outra pessoa que soubesse intimamente, de dentro, por assim dizer, como era o corpo de outra, suas várias partes, seus vários cheiros, suas necessidades. Como, como podia ser? O que eu mais queria era saber. No cinema improvisado, numa tarde chuvosa de domingo — estou dando um salto à frente — assistíamos a um filme em que dois forçados de uma turma amarrada por correntes fugiam ainda presos um ao outro, e ao meu lado Chloe se agitava e produzia um som abafado, uma espécie de risada misturada a suspiros. "Olhe só", sussurrou ela, "somos eu e Myles." Fiquei espantado, me senti corar e fiquei grato por estarmos no escuro. Ela podia estar admitindo uma intimidade embaraçosa. Ainda assim, era a noção mesma de alguma impropriedade em tamanha proximidade que me provocou a ânsia de saber mais, a ânsia e também o pavor. Uma vez — e estou dando um salto ainda maior à frente — quando juntei a coragem de pedir diretamente a Chloe que me contasse, como eu queria tanto saber, como era a sensação de viver naquele estado de intimidade inevitável com seu irmão — seu outro! — ela pensou um pouco e então ergueu as mãos à frente do rosto, as palmas quase encostadas mas sem chegarem a tocar-se. "Como dois ímãs", respondeu ela, "mas virados ao contrário, puxando e empurrando." Depois de me dizer essas palavras, caiu num silêncio sombrio, como se dessa vez fosse ela quem julgava ter revelado um segredo vergonhoso, e me deu as costas, ao que senti por um momento algo da mesma mistura de pânico e vertigem que me acometia quando eu passava tempo demais prendendo a respiração debaixo d'água. Ela nunca era menos que alarmante, Chloe.

O elo que existia entre os dois era palpável. A imagem que me ocorria era a de um fio fino de algum material grudento e lustroso, a seda de uma aranha ou o filamento cintilante que uma lesma podia deixar para trás ao transferir-se de uma folha para outra, ou ainda metálico e reluzente, pode ser, e tenso, como uma corda de harpa ou um garrote. Estavam ligados um ao outro, unidos e aprisionados. Tinham sensações em comum, dores, emoções, medos. Compartilhavam pensamentos. Acordavam no meio da noite e ficavam deitados acompanhando a respiração um do outro, sabendo que haviam tido o mesmo sonho. Não contavam um ao outro o que ocorria no sonho. Não era preciso. Eles já sabiam.

Myles era mudo de nascença. Ou, melhor dizendo, de maneira mais simples, nunca tinha chegado a falar. Os médicos não encontraram a causa daquele silêncio obstinado, e declaravam-se perplexos, ou céticos, ou as duas coisas. Num primeiro momento, imaginaram que fosse apenas algum atraso, e que com o tempo também fosse começar a falar como todo mundo, mas os anos passaram e ele continuou sem dizer nada. Se tinha a capacidade de falar e preferia não fazê-lo, ninguém parecia saber. Seria mudo ou calado, calado ou mudo? Poderia ter uma voz que não usava nunca? Imaginei-o à noite, na cama, debaixo das cobertas, sussurrando para si mesmo e exibindo aquele seu sorriso voraz de elfo. Ou talvez falasse com Chloe. Como deviam rir os dois, com as testas encostadas e os braços em torno do pescoço um do outro, compartilhando esse segredo.

"Ele vai falar quando tiver algo a dizer", grunhia o pai dos dois, com sua costumeira animação assustadora.

Era claro que o sr Grace não gostava do filho. Evitava o menino sempre que podia, e se mostrava especialmente pouco inclinado a ficar sozinho com ele. O que não era de admirar, pois ficar sozinho com Myles era o mesmo que ver-se a sós num aposento que alguém acabara bruscamente de deixar. Sua mudez era uma emanação persistente e saturante. Ele não dizia nada mas nunca estava em silêncio. Remexia em tudo à sua volta, pegando alguma coisa que imediatamente tornava a deixar cair no chão com estrépito. Produzia discretos estalos no fundo da garganta. Sua respiração era sempre audível.

Sua mãe o tratava com uma espécie de vaguidão arrastada. Havia momentos, enquanto traçava seus distraídos meandros ao longo dos dias — embora não bebesse a sério, sempre parecia um pouco adocicada pelo álcool —, em que parava e dava a impressão de tomar conhecimento da presença do menino sem propriamente acusá-la, franzindo o sobrolho e sorrindo ao mesmo tempo, com pesar e desamparo.

Nenhum dos dois pais sabia comunicar-se direito em linguagem de sinais, e falavam com Myles recorrendo a uma mímica brusca e improvisada que parecia menos uma tentativa de comunicação que um gesto impaciente para expulsá-lo de suas presenças. Ainda assim ele entendia perfeitamente o que tentavam lhe dizer, e quase sempre antes ainda que tivessem chegado sequer à metade do esforço para dizê-lo, o que só os deixava mais impacientes e irritados com ele. No fundo, os dois, tenho certeza, sentiam um certo medo do filho. O que também não é de admirar. Devia ser como viver com um *poltergeist*, visível e tangível até demais.

Pelo meu lado, embora me envergonhe dizê-lo, o que Myles mais me evocava era um cachorro que tive muito tempo atrás, um *terrier* de entusiasmo irreprimível de que eu gostava muito mas que às vezes, quando não havia ninguém por perto, eu surrava cruelmente, pobre Pongo, pelo prazer quente e túmido que derivava dos seus ganidos de dor e de seu encolhimento suplicante. Os dedos de Myles pareciam gravetos, seus pulsos eram quebradiços e femininos! Ele me provocava, puxando a minha manga, pisando nos meus calcanhares e enfiando a cabeça sorridente várias vezes por baixo dos meus braços, até eu finalmente atacá-lo e derrubá-lo no chão, o que nem era difícil, pois àquela altura eu já era grande e forte, e uma cabeça mais alto do que ele. Depois que caía, porém, eu jamais sabia o que fazer com ele, pois a menos que alguém tomasse uma providência ele tornava a se levantar logo em seguida, rolando o corpo como um desses bonecos de brinquedo que sempre tornam a se virar do lado certo e pondo-se de pé em seguida com um salto. Quando eu me sentava em cima do seu peito, sentia a agitação de seu coração contra a minha virilha, a tensão de sua caixa torácica e as palpitações do integumento esticado e côncavo por baixo do seu esterno, e ele erguia rindo os olhos para mim, arquejando e exibindo sua língua úmida e inútil. Mas será que eu também não sentia algum medo dele, no fundo do coração ou onde quer que esse medo resida?

Obedecendo aos misteriosos protocolos da infância — seríamos mesmo crianças? Devia existir outro nome para o que éramos — os dois não me convidaram para entrar na casa deles da primeira vez, depois que os abordei do lado de fora do Strand Café. Na verdade, não lembro exatamente em quais circunstâncias consegui finalmente entrar em The Cedars. Eu me vejo, depois daquele encontro inicial, afastando-me frustrado do portãozinho verde enquanto os gêmeos me seguiam com os olhos, e depois me vejo, num outro dia, já em pleno recesso sagrado, como se, graças a alguma versão realmente mágica do salto de Myles por cima do portão, eu tivesse superado de uma vez todos os obstáculos e pousado em plena sala de visitas, ao lado de um raio enviesado de sol cor de cobre de aparência sólida, com a sra Grace num vestido folgado e florido, de um azul-claro estampado de flores azuis mais escuras, a afastar-se de uma mesa e sorrir para mim com uma vaguidão deliberada, sem saber evidentemente quem eu era mas ainda assim percebendo que devia sorrir para mim, o que demonstra que não pode ter sido a primeira vez que nos vimos frente a frente. Onde estaria Chloe? Onde estaria Myles? Por que me deixaram só com a mãe deles? Ela perguntou se eu aceitava alguma coisa, um copo de limonada, talvez. "Ou", disse ela num leve tom de desespero, "uma maçã...?" Sacudi a cabeça. A proximidade da mulher, o mero fato da sua presença ali, me deixava tomado de excitação e de uma espécie misteriosa de pesar. Quem sabe das dores que partem o coração dos garotos? Ela inclinou a cabeça de lado, intrigada e também achando graça, percebi, da intensidade emudecida da minha presença à sua frente. Eu devo ter lhe lembrado uma mariposa que adeja em torno da chama de uma vela, ou a própria chama, estremecendo ao próprio calor que a consome.

    O que ela estaria fazendo junto àquela mesa? Arrumando flores num vaso — ou será fantasioso demais? Minha memória desse momento deixa um rastro multicolorido, o brilho vacilante de uma luz variegada diante da qual suas mãos pairam. Deixem-me passar mais algum tempo ali com ela, antes de Rose aparecer, e antes que Myles e Chloe voltem de onde quer que estejam, e de seu marido caprino entrar em cena batendo os cascos; em pouco tempo ela se verá deslocada do centro pulsante das minhas atenções. Como brilha intenso aquele raio de sol. De onde virá? Tem uma inclinação quase eclesiástica, como se, impossivelmente, ingressasse oblíquo por alguma rosácea situada muito acima de nós. Além da brilhante luz do sol, domina a plácida obscuridade dos interiores nas tardes de verão, percorrida às cegas pela minha memória em sua busca de detalhes, objetos sólidos, os componentes do passado. A sra Grace, Constance, Connie, ainda sorri para mim com seu jeito desfocado, que, pensando melhor hoje, era a maneira como olhava para tudo, como se não estivesse plenamente convencida da solidez do mundo e meio que esperasse que a qualquer momento ele pudesse se transformar, de algum modo bizarro e hilariante, nalguma coisa totalmente diversa.

Eu teria dito na época que ela era linda, caso houvesse alguém a quem me passasse pela cabeça declarar coisas dessa ordem, mas imagino que não fosse tão bela assim. Era um tanto atarracada, tinha as mãos gorduchas e avermelhadas, havia um calombo na ponta do seu nariz e as duas mechas escorridas de cabelo alourado que seus dedos tentavam continuamente prender atrás das orelhas e teimavam em cair de novo para a frente eram mais escuras que o resto da cabeça, com o matiz levemente engordurado da madeira de carvalho lustrada com óleo. Ela caminhava com movimentos langorosos, os músculos de seus quadris movendo-se debaixo do tecido leve de seus vestidos de verão. Cheirava a suor, creme de beleza e, muito de leve, a banha. Apenas mais uma mulher, noutras palavras, e mãe como outras, ainda por cima. Para mim, porém, embora sua aparência fosse comum ela me parecia tão distante e desejável à distância quanto qualquer dama pálida representada num quadro ao lado de um unicórnio e de um livro. Mas não, preciso ser justo comigo mesmo, por mais que fosse criança, por mais que fosse um romântico no nascedouro. Ela, mesmo para mim, não era pálida, e não era de tinta. Era totalmente real, dotada de carnes fartas, quase literalmente comestível. E era esse seu traço mais notável, que fosse ao mesmo tempo um espectro de minha imaginação e uma mulher de inevitáveis carne e osso, sangue, músculos, almíscar e leite. Meus sonhos até então só pouco menos que decentes envolvendo resgates e embates amorosos se converteram em fantasias turbulentas, muito nítidas e ao mesmo tempo irremediavelmente desprovidas dos pormenores essenciais, em que eu era voluptuosamente dominado por ela, afundando-me no chão sob todo o seu peso quente, em que era apertado, cavalgado, entre suas coxas, meus braços presos junto ao peito e meu rosto em chamas, ao mesmo tempo seu filho e seu amante demoníaco.

De vez em quando, a imagem dela brotava dentro de mim sem que eu a invocasse, um súcubo interior, e uma onda de desejo intumesce a raiz última do meu ser. Num certo crepúsculo esverdeado depois da chuva, com uma cunha de luz úmida do sol na janela e uma impossível cotovia fora da estação gorjeando do lado de fora nos lupinos gotejantes, continuei deitado de bruços na minha cama afogado por uma sufusão a tal ponto intensa de desejo imitigável — e pairava, esse desejo, como um nimbo em torno da imagem da minha amada, envolvendo-a toda sem foco em ponto algum — que irrompi em soluços, fartos, altos e de maneira eletrizante fora de qualquer possibilidade de controle. Minha mãe me ouviu e entrou no meu quarto, mas não disse nada, ao contrário de sempre — eu esperava talvez um interrogatório brusco, seguido de uma bofetada — e só recolheu um travesseiro que a agitação do meu tormento tinha derrubado da cama e, depois da mais breve das hesitações, saiu do quarto, fechando a porta silenciosamente atrás de si. Qual terá sido o motivo que ela julgava explicar meu choro, eu me perguntei, e torno a me perguntar agora. Terá de algum modo reconhecido que se tratava de arrebatadas penas amorosas? Não pude acreditar. Como podia ela, que era apenas minha mãe, ter alguma ideia dessa tormenta de paixão em que eu me via suspenso sem defesa, as asas frágeis das minhas emoções chamuscadas e destruídas pela chama implacável do amor? Ah, mamãe, como eu a entendia pouco, pensando que era pouco o que você entendia.

E então eis-me ali naquele momento edênico, no ponto que se convertera bruscamente no centro do mundo, com o raio de sol e aquelas flores vestigiais — ervilhas-de-cheiro? de uma hora para a outra, creio reconhecer ervilhas-de-cheiro — e a loura sra Grace a me oferecer uma maçã que no entanto não apareceu em lugar nenhum, e tudo a ponto de ser interrompido por um ranger de engrenagens e um solavanco horrível, desses que revira o estômago. E todo tipo de coisa pôs-se a acontecer ao mesmo tempo. Por uma porta aberta, um pequeno cão negro peludo entrou trotando vindo da rua — de algum modo, a ação agora se deslocara da sala de estar para a cozinha — com as unhas produzindo ecos frenéticos no assoalho de pinho resinoso. Trazia uma bola de tênis na boca. Imediatamente Myles apareceu seguindo o animal, com Rose a segui-lo por sua vez. Ele tropeçou ou fingiu tropeçar num tapete enrugado e começou a cair para a frente, só para virar uma ágil cambalhota e cair de novo em pé, quase esbarrando na mãe, que deu um grito em que se misturavam a surpresa e uma irritação cansada — "Pelo amor de Deus, Myles!" — enquanto o cão, com as orelhas pendentes sacudindo, mudava de rumo e disparava por baixo da mesa, ainda de posse sorridente da bola de tênis. Rose fez menção de pegar o animal mas ele saiu de lado. Agora, por outra porta, como uma encarnação do próprio Pai Tempo, entrou Carlo Grace, de short e sandálias e com uma grande toalha de praia aberta nos ombros, a barriga peluda à mostra. Ao ver Myles e o cachorro, soltou um rugido de pretenso aborrecimento e bateu o pé em ameaça, ao que o cachorro deixou cair a bola e menino e cão desapareceram pela porta tão repentinamente como tinham entrado. Rose riu, um relincho agudo, e lançou um olhar rápido à sra Grace, mordendo o lábio. A porta bateu e, num eco rápido, outra porta bateu no andar de cima, onde a descarga de uma privada, acionada um momento antes, acabava de sossegar depois de seus gorgolejos e deglutições finais. A bola que o cachorro tinha soltado rolou lenta, reluzente de saliva, até o centro do piso. O sr Grace, ao me ver, um desconhecido — devia ter esquecido o dia da piscadela —, simulou toda uma pantomima em que atirava a cabeça para trás e fechava um dos olhos franzindo um dos lados do rosto e fitando-me com um ar de interrogação ao longo de uma das laterais do nariz: um *double-take*. Ouvi Chloe descendo as escadas, com as sandálias batendo nos degraus. Quando ela finalmente entrou na cozinha a sra Grace já tinha me apresentado ao marido — acho que foi a primeira vez na vida em que fui formalmente apresentado a alguém, embora tenha sido obrigado a declarar meu nome, pois a sra Grace ainda não se lembrava

— e ele apertava a minha mão com um ar de pretensa solenidade, tratando-me de *Meu caro senhor* e imitando um sotaque iletrado com o qual declarou que qualquer amigo de seus filhos seria sempre muito bem-vindo *ao nosso humirde barracão*. Chloe revirou os olhos e soltou um arquejo trêmulo de repulsa. "Cale a *boca*, papai", disse ela entredentes, e ele, simulando terror da filha, soltou minha mão e cobriu a cabeça com a toalha, como se fosse um xale, antes de sair correndo curvado, na ponta dos pés, para fora da cozinha, emitindo guinchos de falso medo e desculpas fingidas. A sra Grace acendia um cigarro. Chloe, sem sequer um olhar na minha direção, atravessou a cozinha até a porta pela qual seu pai tinha saído. "Preciso de uma carona!" gritou ela na direção que ele tomara. "Preciso…" A porta do carro bateu, o motor ligou, os pneus largos mascaram o cascalho. "Que saco", disse Chloe.

A sra Grace estava apoiada na mesa — a mesa onde estavam as flores de ervilha-de-cheiro, pois magicamente estávamos de volta à sala de visitas — fumando seu cigarro da maneira que as mulheres fumavam naquele tempo, com um braço atravessado à frente do abdome e o cotovelo do outro apoiado em sua palma. Ergueu uma sobrancelha para mim, dirigiu-me um sorriso seco e deu de ombros, catando um fragmento de tabaco do lábio inferior. Rose se debruçou e, franzindo o nariz, recolheu relutante a bola de tênis encharcada de saliva entre o indicador e o polegar. Fora do portão, a buzina do carro soou alegre duas vezes, e ouvimos o som de seu motor que se afastava. O cachorro latia loucamente, querendo que o deixassem entrar para recuperar sua bola.

Esse cachorro, aliás. Eu nunca mais o vi. De quem podia ser?

Uma estranha sensação de leveza hoje, de, como posso dizer, de volatilidade. O vento voltou a soprar com força, uma tempestade deve estar se formando, o que é a causa provável da vertigem que sinto. Pois sempre fui muito suscetível ao clima e a seus efeitos. Quando criança, eu adorava me encolher todo ao lado do rádio nas noites de inverno e ouvir a previsão do tempo para os navegantes, imaginando todos aqueles bravos lobos-do--mar com seus chapéus de encerado enfrentando ondas da altura de casas em Fogger, Disher e Jodrell Bank, ou como quer que se chamem essas zonas distantes do mar. Muitas vezes, já adulto, tive a mesma sensação, com Anna em nossa bela antiga casa entre as montanhas e o mar, quando os vendavais do outono gemiam nas lareiras e as ondas derramavam leques de fervente espuma branca por cima da amurada da praia. Antes de o chão se abrir aos nossos pés naquele dia nas salas do sr Todd — as quais, diga-se de passagem, tinham na verdade o ar de uma barbearia sinistramente superior — eu muitas vezes me surpreendi ponderando quantas das boas coisas da vida me tinham cabido. Se perguntassem àquele menino que sonhava ao lado do rádio o que ele queria ser quando crescesse, o que eu me tornei foi mais ou menos o que ele teria descrito, ainda que num ritmo muito hesitante, tenho certeza. O que é uma coisa notável, acho eu, mesmo a se levar em conta meus tormentos atuais. Afinal, a maioria dos homens não se mostra decepcionada com a sua sorte, entregue ao silencioso desespero de suas correntes?

Eu me pergunto se outras pessoas quando crianças teriam esse tipo de imagem, vaga e ao mesmo tempo específica, do que seriam quando crescessem. Não estou falando de esperanças e aspirações, de ambições vagas, esse tipo de coisa. Desde o início eu era muito preciso e definido quanto às minhas expectativas. Não queria ser maquinista de locomotiva nem um explorador famoso. Quando olhava com esperanças do nevoeiro do então real para o hoje ditosamente imaginado, era exatamente assim, já disse, que teria antevisto meu eu futuro, um homem de sossegados interesses e pouca ambição sentado num quarto exatamente como este, em minha cadeira de capitão de navio, apoiado em minha mesinha, exatamente nesta época do ano que se aproxima do fim num clima clemente, as folhas ao vento, a claridade diminuindo imperceptivelmente dia a dia e as luzes da rua se acendendo uma fração de minuto mais cedo a cada anoitecer. Sim, é assim que eu imaginava a idade adulta, uma espécie de longo veranico, um estado de tranquilidade, de incúria calma, sem que reste mais nada do quase intolerável imediatismo cru da infância, solucionados todos os enigmas que me intrigavam quando pequeno, esclarecidos todos os mistérios, respondidas todas as perguntas, e os momentos escorrendo num gotejar contínuo, quase despercebido, gota a gota dourada, até a quietude final, quase despercebida.

Havia coisas obviamente cuja antevisão o menino que eu era não se permitiria em suas ansiosas expectativas, mesmo que pudesse. A perda, a dor, os dias sombrios e as noites insones, essas surpresas tendem a não registrar-se na chapa fotográfica da imaginação profética.

E também, quando penso mais detidamente na questão, vejo que a versão do futuro que eu imaginava na infância tinha um estranho pendor antiquário. O mundo em que vivo agora teria sido, de acordo com o que eu concebia na época e malgrado toda a minha perspicácia, diferente do que é na verdade, mas as diferenças são sutis; seriam, eu vejo agora, chapéus de aba larga, sobretudos bem cortados e imensos automóveis de feitio quadrado com figurinhas aladas alçando voo no capô. Onde eu teria aprendido essas coisas, que imaginava com tamanha nitidez? Acho que é porque, sendo incapaz de conceber qual seria a aparência exata do futuro mas convencido de que seria nele pessoa de alguma eminência, eu devo tê-lo decorado com os sinais de sucesso que eu distinguia entre as pessoas de importância, os médicos e advogados, os industriais de província para os quais meu pai humildemente trabalhava, os poucos remanescentes da aristocracia protestante que ainda se aferravam às suas Casas Grandes ao longo das arborizadas transversais da área mais verde da cidade.

Mas não, não é isso tampouco. Não basta para justificar a atmosfera aristocrática fora de moda que dominava meu sonho do que viria a acontecer. As imagens detalhadas que eu cultivava de mim mesmo na idade adulta — instalado por exemplo, vestindo um terno com colete de tecido riscado e um chapéu de feltro de abas caídas, no banco traseiro de meu Humber Hawk com chofer, a manta de lã a me cobrir os joelhos — estavam impregnadas, hoje eu vejo, daquela elegância estiolada e cansada do mundo, do garbo de inválido, que eu associava, ou pelo menos associo hoje, a um tempo anterior aos anos da minha infância, essa antiguidade recente que foi, claro, sim, o mundo entre as grandes guerras. Assim, o que eu antevia no futuro era na verdade, se é que se pode falar em verdade, uma imagem do que só podia ser um passado imaginado. Eu, pode-se dizer, menos antecipava o futuro que dele me sentia saudoso, pois o que na minha imaginação era o porvir na realidade já tinha ocorrido.

E agora de repente isso me parece de algum modo significativo. Era mesmo o futuro que eu focava em minhas antevisões, ou algum lugar além do futuro?

A verdade é que tudo começou a correr junto, o passado, o futuro possível e o presente impossível. Nas semanas cinzentas de pavor diário e terror noturno antes de Anna se ver finalmente forçada a admitir a inevitabilidade do sr Todd com suas sondas e poções, eu tinha a impressão de viver num mundo subterrâneo dominado pela penumbra em que mal era possível distinguir o sonho da vigília, pois tanto esta como aquele tinham a mesma textura penetrável de veludo escuro, e no qual eu balançava de um lado para o outro num estado de letargia febril, como se fosse eu e não Anna quem estava destinado a logo me converter em mais uma dentre as sombras já tão numerosas. Era uma versão macabra da gravidez imaginária que vivi quando Anna soube que esperava Claire; agora eu achava que padecia de uma doença imaginária junto com ela. De todos os lados havia presságios de mortalidade. Eu me via assolado por coincidências; coisas de que me esquecera muito antes eram lembradas de uma hora para a outra; objetos apareciam depois de décadas perdidos. Minha vida parecia passar diante dos meus olhos, não num relance, como dizem que ocorre com os afogados, mas numa espécie de convulsão vagarosa, esvaziando-se dos seus segredos e mistérios rotineiros na preparação para o momento em que precisarei subir a bordo do barco negro no rio sombrio com a fria moeda da passagem em minha mão que já esfria. Por mais estranho que seja, entretanto, esse local imaginado da pré-partida não me era totalmente desconhecido. Houve ocasiões no passado, em momentos de transporte inexplicável, no meu escritório talvez, sentado à minha mesa, imerso em palavras, por mais insignificantes que sejam, pois até o escritor de segunda às vezes se mostra inspirado, em que me senti transpor a membrana da mera consciência e transcender para um outro estado, sem nome, onde as leis comuns não operavam, onde o tempo se movia num outro ritmo, se é que se movia, onde eu não estava nem vivo nem a alternativa mas ainda assim mais nitidamente presente do que jamais poderia estar no que chamamos, porque somos obrigados a tanto, de mundo real. E mesmo anos antes disso, junto por exemplo da sra Grace naquela sala de visitas ensolarada, ou sentado ao lado de Chloe no escuro do cinema, eu estava lá e ao mesmo tempo não estava, era eu e um fantasma, emparedado no momento mas ainda assim pairando de algum modo na iminência de partir. A vida inteira talvez não seja mais que uma longa preparação para deixá-la.

Para Anna em sua doença as noites eram o pior. O que era de se esperar. Tantas coisas eram de se esperar, agora que o supremo inesperado tinha ocorrido. No escuro, toda a incredulidade ofegante das horas diurnas — *isto não pode estar acontecendo comigo!* — dava lugar nela a um espanto obtuso e imóvel. Com ela deitada insone a meu lado eu quase sentia o medo que girava dentro dela a um ritmo regular, como um dínamo. Havia momentos no escuro em que ela ria alto, era uma espécie de riso, de simples surpresa renovada diante do fato daquela provação a que ela se via tão impiedosamente, tão ignominiosamente, entregue. A maior parte do tempo, contudo, ela permanecia quieta, deitada de lado e encolhida como um explorador perdido em sua barraca, meio adormecida e meio entorpecida, igualmente indiferente, parecia, às expectativas tanto de sobrevida quanto de extinção. Até então todas suas experiências tinham sido temporárias. Os sofrimentos eram aplacados, ainda que pela própria passagem do tempo, as alegrias adquiriam a rigidez do hábito, seu corpo curava suas próprias enfermidades menores. Aquilo, porém, aquilo era um absoluto, um momento singular, um fim em si mesmo, que nem assim ela conseguia aceitar ou absorver. Se pelo menos houvesse dor, dizia ela, ela serviria como uma autenticação, algo a lhe dizer que o que lhe acontecera era mais real que qualquer realidade anterior. Mas ela não sentia dor, ainda não; havia apenas o que ela descrevia como uma sensação geral de agitação, uma espécie de fervilhamento interior, como se o seu pobre corpo atônito estivesse entregue a uma azáfama permanente dentro de si mesmo, erguendo defesas desesperadas contra um invasor que já tinha se esgueirado para dentro por um caminho secreto, estalando as garras negras e lustrosas.

Naquelas noites infindáveis de outubro, deitados lado a lado na escuridão, estátuas derrubadas de nós mesmos, procurávamos alguma forma de escapar a um presente intolerável no único tempo verbal possível, o passado, ou melhor, o passado distante. Voltamos aos primeiros tempos que passamos juntos, rememorando, corrigindo, ajudando um ao outro, como dois anciãos que seguem trôpegos de braços dados pelo alto das muralhas da cidadela onde viveram muito antes.

Rememorávamos especialmente o fumacento verão de Londres em que nos conhecemos e nos casamos. Avistei Anna pela primeira vez numa festa no apartamento de alguém numa tarde de calor sufocante, todas as janelas escancaradas e o ar azul de tanta fumaça de escapamento vindo da rua, e as buzinas dos ônibus que passavam evocando absurdamente sirenes de nevoeiro em meio ao clamor e à umidade pastosa dos aposentos repletos. Foi o tamanho dela que primeiro chamou minha atenção. Não que ela fosse tão grande assim, mas obedecia a uma escala diferente da de todas as mulheres que eu havia conhecido antes. Ombros grandes, braços grandes, pés grandes, aquela cabeça impressionante com seus cabelos negros e densos. Estava de pé entre mim e a janela, de sandálias e vestido de musselina, conversando com outra mulher, daquele jeito dela, ao mesmo tempo atento e distante, enrolando sonhadora um cacho de cabelo em torno de um dedo, e por um instante meu olhar teve dificuldade de fixar uma profundidade de foco, pois parecia que, das duas, Anna, sendo tão maior, só podia estar muito mais perto de mim que a sua interlocutora.

Ah, essas festas, eram tantas naquele tempo. Quando as rememoro sempre nos vejo chegando, parando juntos à porta por um instante, minha mão na base das suas costas, apalpando através da seda fina a depressão profunda e fresca que havia ali, seu cheiro silvestre nas minhas narinas e o calor dos seus cabelos contra o meu rosto. Devíamos ter ótima estampa, nós dois quando fazíamos nossa entrada, mais altos que todos os demais, o olhar dirigido para cima da cabeça dos outros como se fixo em algum belo panorama distante que só nós tínhamos o privilégio de enxergar.

Na época ela tentava tornar-se fotógrafa, colhendo caprichosos estudos matutinos, fuligem e prata crua, em alguns dos cantos mais desolados da cidade. Ela queria trabalhar, fazer alguma coisa, tornar-se alguém. O East End a chamava, a Brick Lane, Spitalfields, lugares dessa ordem. E eu nunca levei nada disso a sério. Talvez devesse ter levado. Ela morava com o pai numa parte alugada de um casarão cor de fígado numa dessas transversais menos claras próximas à Sloane Square. Era uma residência enorme, com uma sucessão de vastos aposentos de pé-direito muito elevado e janelas altas que pareciam desviar o olhar do espetáculo meramente humano que desfilava para um lado e para o outro diante delas. O pai dela, o velho Charlie Weiss — "Não se preocupe, o nome não é judeu" —, gostou de mim desde a primeira vez. Eu era alto, jovem e *gauche*, e minha presença naqueles luxuosos aposentos lhe parecia divertida. Era um homenzinho alegre com pequenas mãos delicadas e pés minúsculos. Seu guarda-roupa era um espanto para mim, incontáveis ternos de Saville Row, camisas da Charvet de seda creme, verde-garrafa e água-marinha, dezenas de pares de sapatos em miniatura feitos à mão. Sua cabeça, que ele costumava levar ao Trumper's para que a raspassem dia sim dia não — os cabelos, dizia ele, são uma pelagem, e não deviam ser tolerados pelos seres humanos —, era um ovo perfeitamente lustroso, e ele usava esses óculos grandes e pesados preferidos pelos magnatas da época, com hastes bem largas dos lados e lentes do tamanho de pires em que seus olhinhos astutos dardejavam como inquisitivos peixes exóticos. Nunca estava parado, mas levantava-se de um salto, sentava-se e depois tornava a se pôr de pé, lembrando, debaixo daqueles tetos altivos, uma pequena avelã a chacoalhar dentro de uma casca desproporcional. Na minha primeira visita mostrou-me orgulhoso toda a residência, apontando os quadros, todos de antigos mestres, imaginava ele, o aparelho gigante de TV abrigado num armário de nogueira, a garrafa de Dom Pérignon e a cesta de impecáveis frutas incomíveis que um parceiro seu de negócios lhe mandara naquele dia — Charlie não tinha amigos, sócios, clientes, mas só parceiros. Uma luz de verão, densa como mel, despejava-se das janelas altas e reluzia nos tapetes desenhados. Anna sentou-se num sofá com o queixo na mão sobre uma perna dobrada, observando friamente enquanto eu negociava meu primeiro contato com seu pai ridiculamente miúdo. À diferença da maioria das pessoas baixinhas ele não se intimidava nem um pouco diante de nós, os altos, e na verdade dava a impressão de achar meu volume reconfortante, o que o fazia manter-se muito perto de mim, de maneira quase amorosa; houve momentos, enquanto ele me exibia os reluzentes frutos de seu sucesso, em que achei que ele pudesse dar um salto repentino e se instalar com todo o conforto no berço dos meus braços. Da terceira vez que mencionou seus negócios, perguntei que tipo de negócio era o seu e ele pousou em mim um olhar de candura impecável, na cintilação daqueles dois aquários.

"Máquinas pesadas", disse ele, esforçando-se para não rir.

Charlie via o espetáculo de sua própria vida com autêntico deleite e um certo espanto por conseguir se safar com tal facilidade tendo feito tanta coisa. Era um escroque, provavelmente perigoso, e totalmente, irresistivelmente imoral. Anna tinha por ele um afeto sincero e pesaroso. Como um homem diminuto como ele tinha gerado uma filha tão pujante era um mistério. Embora muito nova, parecia ela a mãe tolerante e ele o filho, rapaz cativante e determinado. A mãe tinha morrido quando Anna tinha doze anos, e desde então pai e filha tinham feito frente ao mundo como uma dupla de aventureiros do século XIX, um jogador profissional trabalhando nas barcas do rio, digamos, e a menina que lhe servia de álibi. Havia festas na casa deles duas ou três vezes por semana, eventos estridentes em que o champanhe corria como um rio borbulhante e um pouco rançoso. Uma noite, perto do final daquele verão, voltamos do parque — eu gostava de caminhar com ela ao cair da tarde atravessando a sombra empoeirada das árvores que já começavam a produzir o farfalhar seco de papel que anuncia o outono — e antes mesmo de entrarmos na rua ouvimos o som de embriaguez festiva que vinha da casa deles. Anna pousou uma das mãos no meu braço e paramos. Alguma coisa no ar da noite evocava um presságio lúgubre. Ela se virou para mim, segurou um dos botões do meu casaco entre o polegar e outro dedo e começou a torcê-lo para um lado e para o outro como a roda do segredo de um cofre, e com seus modos costumeiros, suaves e suavemente preocupados, convidou-me a me casar com ela.

Ao longo de todo aquele verão expectante, de um calor opressivo, a impressão era de que eu respirava só com a porção mais alta e rasa dos pulmões, como um saltador que se apruma na plataforma mais alta acima daquele pequeno quadrado azul tão impossivelmente longe muito abaixo. Agora Anna me conclamava, com voz sonora, *pule, pule!* Hoje, quando só as ordens inferiores e o que sobrou da aristocracia ainda se dão ao incômodo de casar-se e todos os outros encontram parceiros e parceiras, como se a vida fosse uma contradança ou um negócio, talvez seja difícil avaliar o salto vertiginoso que era àquela altura assumir um compromisso matrimonial. Eu tinha mergulhado no mundo duvidoso de Anna e seu pai como se ingressasse num outro meio, um ambiente fantástico em que as regras que eu conhecia até então não se aplicavam mais, onde tudo tremeluzia e nada era real, ou então era real mas parecia falso, como aquela travessa de frutas perfeitas na residência de Charlie. E agora eu estava sendo convidado a me aclimatar àquelas irresistíveis profundezas estranhas. O que Anna me propunha, ali no anoitecer empoeirado daquele verão na esquina da Sloane Street, não era tanto o casamento quanto uma chance de concretizar uma fantasia sobre mim mesmo.

    A festa de casamento realizou-se à sombra de um toldo listrado no jardim inesperadamente vasto que ficava atrás da mansão. Era um dos últimos dias da onda de calor daquele verão, o ar, como vidro arranhado, gretado pelas refrações da luz do sol. A tarde inteira, longos automóveis reluzentes estacionavam do lado de fora e depositavam mais convidados na calçada, senhoras lembrando garças em seus chapéus imensos e moças de batom branco e botas de couro branco até o joelho, cavalheiros envergando ternos vulgares de risca de giz, rapazes delicados que faziam beicinho e fumavam maconha, e tipos indeterminados de menor relevo, os parceiros de negócios de Charlie, homens untuosos e vigilantes que nunca sorriam, vestindo ternos lustrosos e camisas com colarinho de cor diferente, calçando botinas de cano curto e bico fino com elástico dos lados. Charlie se deslocava aos pulos no meio deles todos com a calva azulada e luminosa, exalando orgulho como quem transpirasse. Mais tarde, um grupo de homens tímidos de olhos calorosos e movimentos pausados, muito bem penteados e ostentando impecáveis djelabas brancas, chegou como um bando de pombos. Mais adiante ainda uma viúva rabugenta de chapéu entregou-se a uma embriaguez estridente, caindo no chão e precisando ser retirada da festa nos braços de seu chofer de mandíbulas de pedra. À medida que a luz se adensava em meio às árvores e a sombra da casa vizinha começava a se fechar sobre o jardim como a porta de um alçapão, enquanto os últimos casais alcoolizados em suas roupas coloridas e brilhantes como as de um palhaço ainda arrastavam os pés uma última vez pela pista improvisada de madeira com a cabeça apoiada nos ombros um do outro, os olhos fechados e as pálpebras frementes, Anna e eu nos vimos de pé na orla esfrangalhada daquilo tudo, e uma irrupção escura de estorninhos vindos de lugar nenhum passou em voo baixo por cima do toldo, suas asas produzindo um estrépito que lembrava uma repentina salva de palmas, exuberante e sarcástica.

Os cabelos. De repente me surpreendo pensando nos cabelos dela, cujas longas ondas escuras e lustrosas caíam para um dos lados. Ainda em sua meia-idade, ela acusava a presença de cabelos brancos. Voltávamos de carro do hospital para casa um dia quando ela ergueu a grande mecha de cabelos que trazia pousada no ombro, aproximou-a dos olhos e passou em revista fio por fio, com as sobrancelhas franzidas.

"Existe um tipo de coruja chamada coruja careca?" perguntou ela.

"Existe", respondi com cuidado, "mas acho que não é uma coruja, e sim uma águia. Por quê?"

"Acho que vou ficar mais careca ainda daqui a um mês ou dois."

"Quem disse?"

"Uma mulher no hospital fazendo o tipo de tratamento que eu vou fazer. Não tinha um fio de cabelo na cabeça, então imagino que ela sabe o que diz." Passou algum tempo olhando para as casas e lojas que desfilavam pela janela do carro do modo sorrateiro e indiferente de sempre, e então voltou a virar-se para mim. "E a águia?"

"A verdade é que tem penas brancas na cabeça."

"Ah." E deu uma risada. "E eu vou ficar a cara do Charlie depois que tudo cair."

E ficou.

Ele morreu, o velho Charlie, de um coágulo no cérebro, poucos meses depois do nosso casamento. Anna ficou com todo o dinheiro dele. Não era tanto quanto eu imaginava, mas ainda assim era bastante.

A coisa mais estranha, uma das coisas mais estranhas, da minha paixão pela sra Grace é que começou a fenecer no mesmo instante em que atingiu o que pode ser visto como a sua apoteose. Tudo aconteceu na tarde do piquenique. A essa altura já andávamos juntos para todo lado, Chloe, Myles e eu. Quanto orgulho eu sentia de ser visto com eles, aquelas divindades, pois achava, claro, que fossem deuses, tão diferentes que eram de todo mundo que eu tinha conhecido até então. Meus antigos amigos do Campo, onde eu não jogava mais, ficaram sentidos com a minha deserção. "Agora ele só quer saber dos novos amigos dele, que são importantes", ouvi minha mãe dizer um dia à mãe de um dos outros. "O menino, você sabe", acrescentou ela em voz mais baixa, "é mudo." Falando comigo, perguntava por que eu não pedia logo aos pais deles que me adotassem. "Eu nem ligo", dizia ela. "Assim eu me livrava de você." E me fitava com os olhos implacáveis nivelados e sem piscar, o mesmo olhar que me lançava tantas vezes depois de meu pai ir embora, como se dissesse, *Imagino que você vai ser o próximo a me trair*. E acho que era mesmo.

Meus pais não tinham conhecido o sr e a sra Grace, e nem chegariam a conhecer. Os ocupantes das casas respeitáveis não se misturavam com os hóspedes dos chalés, e nós não tínhamos a expectativa de nos dar com eles. Não tomávamos gim, não recebíamos convidados nos fins de semana nem deixávamos mapas turísticos da França largados bem à vista debaixo do para-brisa traseiro do carro — poucos no Campo chegavam a ter carro. A estrutura social do nosso mundo de verão era tão fixa e difícil de escalar quanto um zigurate. As poucas famílias que possuíam casas de veraneio na área ficavam no topo, seguidas pelas que tinham dinheiro para se hospedar nos hotéis — o Beach era mais desejável que o Golf. Depois vinham os locadores de casas, e finalmente nós. Os residentes do ano todo não entravam nessa hierarquia; os moradores locais de maneira geral, como Duignan, o leiteiro, ou Colfer, o colecionador surdo de bolas de golfe, ou as duas solteironas protestantes da Ivy Lodge, ou a francesa que administrava as quadras de tênis e tinha fama de copular regularmente com seu pastor-alemão, todos esses constituíam uma classe à parte, uma presença que apenas constituía um indistinto pano de fundo para as nossas atividades ensolaradas e mais intensas. Que eu tenha conseguido partir da base de tantos íngremes degraus sociais e me elevar até o nível da família Grace me parecia, a par da minha paixão secreta por Connie Grace, um sinal de distinção, de que eu era um eleito em meio a tanta gente indiferenciada. Os deuses tinham me escolhido para prodigalizar-me seus favores.

O piquenique. Naquela tarde, embarcamos no potente automóvel do sr Grace e fomos até quase o fim da Grota, no lugar onde terminava a estrada asfaltada. Uma nota de voluptuosidade soava desde o início devido ao couro trabalhado do forro do assento grudado à parte traseira das minhas coxas abaixo do short. A sra Grace ia sentada na frente ao lado do marido, um pouco virada para ele, um cotovelo apoiado no encosto do banco proporcionando-me uma visão de sua axila, onde despontavam excitantes pontas de pelos, e até, quando o vento que entrava pela janela aberta vinha em minha direção, uma baforada do aroma almiscarado de sua carne molhada de suor. Vestia uma peça que, acredito, mesmo naqueles dias mais comedidos era chamada, com franqueza, de tomara que caia, não mais que um tubo de malha branca sem alças, muito apertado e muito revelador das volumosas curvas inferiores de seu busto. Usava os óculos de estrela de cinema com a armação branca, e fumava um cigarro grosso. Eu acompanhava excitado as tragadas profundas que ela dava, deixando depois a boca ainda aberta e um tanto retorcida por um instante, uma densa onda de fumaça pairando imóvel entre aqueles lábios lustrados de cera escarlate. Suas unhas também estavam pintadas de um cintilante vermelho sanguíneo. Eu vinha sentado diretamente atrás dela no banco traseiro, com Chloe no meio entre mim e Myles. A coxa quente e ossuda de Chloe encostava descuidada na minha perna. Os dois irmãos estavam envolvidos numa de suas escaramuças particulares sem palavras, agitando-se e encolhendo o corpo, atacando-se mutuamente com os dedos em pinça e tentando chutar a canela do outro no espaço acanhado entre os assentos. Nunca cheguei a entender as regras dessas brincadeiras, se regras havia, embora um vencedor sempre se revelasse ao final, Chloe, na maioria das vezes. Lembro, ainda hoje com uma tênue pontada de piedade pelo pobre Myles, a primeira vez que vi os dois brincando, ou mais provavelmente brigando, daquele jeito. Era uma tarde chuvosa e estávamos ilhados dentro de casa em The Cedars. Quanta selvageria um dia de chuva pode provocar nas crianças! Os gêmeos estavam acocorados no chão da sala de visitas, sentados nos calcanhares, de frente um para o outro, os joelhos de ambos encostados, olhando fixo nos olhos do irmão, os dedos entrelaçados nos do outro, concentrados como uma dupla de samurais na batalha, até finalmente uma coisa acontecer. Não vi o que foi, embora tenha sido decisivo e Myles haja sido forçado a se render na mesma hora. Livrando os dedos das garras de aço da irmã, abraçou-se com força — sempre se dava abraços apertados quando ferido ou insultado — e começou a chorar de frustração e raiva, emitindo um vagido agudo e estrangulado, seu lábio inferior cobrindo o de cima e os olhos fechados com força enquanto expeliam grandes lágrimas informes, produzindo um efeito geral dramático demais para ser totalmente convincente. E que olhar felino de triunfo a Chloe vitoriosa me dirigiu por cima do ombro, o rosto desagradavelmente contraído e um dos caninos cintilando. Daquela vez, no carro, ela ganhou de novo, submetendo o pulso de Myles a alguma coisa que o fez guinchar. "Parem com isso, vocês dois", disse a mãe deles em tom cansado, mal lhes dirigindo um olhar. Chloe, ainda ostentando um fino sorriso de triunfo, pressionou mais a minha perna com o seu quadril, enquanto Myles fazia uma careta formando um O franzido com os lábios, dessa vez contendo as lágrimas, mas muito a custo, e esfregando seu pulso muito vermelho.

No final da rua o sr Grace parou o carro, e a cesta com seus sanduíches, xícaras de chá e garrafas de vinho foi retirada da mala antes de sairmos caminhando ao longo de uma trilha larga de areia pisada, ladeada por uma cerca imemorial e semissubmersa de arame farpado coberto de ferrugem. Eu nunca tinha gostado, e até sentia um certo medo, daquele trecho desabitado de alagados e trechos planos de lama onde tudo parecia dar as costas para a terra firme e vasculhar o horizonte em desespero - como na busca silenciosa de algum sinal de resgate. A lama tinha um brilho azulado de hematoma novo, e havia pontos onde magotes de papiros emergiam da água, e boias de demarcação esquecidas amarradas a estacas de madeira apodrecidas e cobertas de limo. A maré alta, ali, nunca ultrapassava poucos centímetros de profundidade, e as águas se espalhavam pela extensão de terra plana rápidas e reluzentes como mercúrio, sem nada que as detivesse. O sr Grace se apressava à frente, uma cadeira dobrável debaixo de cada braço e aquele chapéu ridículo em forma de balde enviesado na cabeça. Contornamos a ponta e vimos do outro lado do estreito a cidade empoleirada no seu morro, uma confusão lilás de planos e ângulos encimada por uma agulha de torre. Dando a impressão de que sabia por onde andava, o sr Grace deixou a trilha e enveredou por uma campina em que se aglomeravam altas samambaias. Seguíamos atrás, a sra Grace, Chloe, Myles e eu. As samambaias chegavam à altura da minha cabeça. O sr Grace estava à nossa espera numa pequena plataforma de terreno gramado à beira daquela campina, protegido pela sombra de um pinheiro. Sem que eu percebesse, um talo partido de samambaia tinha aberto um corte em meu tornozelo desprotegido, logo acima da tira lateral da minha sandália.

    Num trecho gramado entre a plataforma e a muralha de samambaias, uma toalha branca foi estendida. A sra Grace, ajoelhada, com um cigarro preso ao canto da boca e um dos olhos fechados para evitar sua fumaça, distribuiu as coisas do piquenique, enquanto seu marido, com o chapéu cada vez mais inclinado, forcejava para sacar a rolha especialmente obstinada de uma garrafa de vinho. Myles já tinha sumido em meio às samambaias, e Chloe estava acocorada como um sapo, comendo um sanduíche de ovo. Rose — e onde está Rose? Está lá, com sua camisa vermelha, seus sapatos de dançar e suas calças pretas justas com as tiras que passam por baixo das solas dos pés, e os cabelos negros como asa de corvo presos e criando uma pluma no alto de sua cabeça bem formada. Mas como terá chegado até ali? Não veio de carro conosco. Uma bicicleta, é isso, estou vendo a bicicleta largada com desleixo em meio às samambaias, o guidom virado de lado e a roda da frente erguida num ângulo quase improvável, uma prefiguração maliciosa, agora me parece, do que estava por vir. O sr Grace firmou a garrafa de vinho entre os joelhos e fazia muita força, os lóbulos das orelhas cada vez mais rubros. Atrás de mim Rose se instalou sentada a um dos cantos da toalha de mesa, apoiada num braço, o rosto quase encostado no ombro, as pernas dobradas de lado, numa pose que podia ter sido desconfortável mas não era. Eu ouvia Myles correndo em meio às samambaias. De repente a rolha desprendeu-se da garrafa de vinho com um estampido cômico que deu um susto em todos.

 Comemos o que havia no nosso piquenique. Myles fazia de conta que era um animal selvagem, emergia toda hora da touceira de samambaias, pegava alguma coisa de comer e galopava de volta, rugindo e relinchando. O sr e a sra Grace tomavam seu vinho e logo o sr Grace já estava abrindo a segunda garrafa, dessa vez com menos dificuldade. Rose disse que não estava com fome, mas a sra Grace respondeu que era bobagem, mandou que comesse alguma coisa e o sr Grace, mostrando os dentes, ofereceu-lhe uma banana. A tarde era ventosa, embora não houvesse uma nuvem no céu. O pinheiro torto murmurava acima da nossa cabeça e sentíamos o cheiro de suas agulhas, de grama e samambaias amassadas, além do travo salgado do mar. Rose estava amuada, imagino que devido à resposta da sra Grace e à oferta daquela banana obscena pelo sr Grace. Chloe estava concentrada em arrancar a pele nova que crescia numa cicatriz vermelha logo abaixo do seu cotovelo, no lugar onde um espinho a arranhara na véspera. Examinei o corte de talo de samambaia no meu calcanhar, um sulco encarnado em meio às bordas irregulares e translúcidas de pele branca; não sangrava, mas nas profundezas do sulco reluzia um líquido claro. O sr Grace desabou numa das cadeiras dobráveis com uma perna cruzada sobre a outra, fumando um cigarro, o chapéu baixo na testa sombreando seus olhos.

 Senti uma coisa macia e pequena me atingir na bochecha. Chloe tinha parado de arrancar sua casca de ferida e tinha atirado uma migalha de pão em mim. Olhei para ela, que devolveu meu olhar sem expressão no rosto e atirou outra migalha. Dessa vez ela errou. Apanhei a migalha no chão e joguei de volta nela, mas também errei. A sra Grace nos olhava com ar distraído, reclinada de lado, diretamente à minha frente no aclive baixo da plataforma verdejante, a cabeça sustentada por uma das mãos. Tinha apoiado a haste de sua taça de vinho na grama, com a copa apoiada num seio que pendia para o lado — e me perguntei, como tantas outras vezes, se não seriam difíceis de carregar, aqueles dois bulbos gêmeos de carne leitosa — e em seguida lambeu a ponta de um dos dedos e a correu pela borda da taça, tentando fazê-la cantar, mas não produziu som algum. Chloe pôs uma bolota de pão na boca, molhou-a com saliva, cuspiu a massa e começou a moldá-la com os dedos com uma deliberação lenta, fazendo uma pontaria demorada e depois atirando em mim a pelota que caiu antes de me atingir. "Chloe!" disse sua mãe, uma repreensão débil que Chloe ignorou dirigindo-me seu fino sorriso triunfal de gato. Era uma garota de coração cruel, a minha Chloe. Para proporcionar-lhe diversão, eu capturava um punhado de grilos, arrancava uma das patas traseiras de cada um para evitar que fugissem, enfileirava os troncos agitados na tampa de uma lata de verniz e os banhava de querosene, ateando-lhes fogo em seguida. Como ela observava concentrada, acocorada e com as mãos apoiadas nos joelhos, as infelizes criaturas ardendo em chamas, fervendo em sua própria gordura.

Ela estava preparando mais uma bola de saliva. "Chloe, você é nojenta", disse a sra Grace com um suspiro, e Chloe, imediatamente entediada, cuspiu o pão, espanou as migalhas do colo, levantou e dirigiu-se amuada para a sombra do pinheiro.

Terá Connie Grace percebido o meu olhar? Teria havido um sorriso de cumplicidade? Com um suspiro fundo, ela se virou e deitou-se de costas na plataforma com a cabeça apoiada na grama e dobrou uma das pernas, deixando-me vislumbrar de uma hora para a outra o que havia debaixo da sua saia, do lado interno da sua coxa até a base do seu ventre e o monte que ali se erguia em seu envoltório de tenso algodão branco. Na mesma hora, tudo começou a desacelerar. Sua taça vazia tombou de lado, uma última gota de vinho escorreu até a borda e pendeu por um instante, cintilando, antes de cair. Continuei olhando fixo, com a testa cada vez mais quente e as palmas das mãos suadas. O sr Grace, com seu chapéu, parecia zombar de mim mas eu não me incomodava, podia zombar o quanto quisesse. Sua mulher, imensa e cada vez maior, transformada pela perspectiva numa giganta sem cabeça a cujos pés imensos eu me curvava dominado pelo que era quase medo, contorceu-se um pouco e ergueu o joelho ainda mais, revelando o vinco em forma de crescente na parte traseira de suas coxas, na área mais carnuda onde começava a bunda. Um rufo de tambor nas minhas têmporas atenuava o fulgor da luz do sol. Tomei consciência da dor que latejava no sulco aberto do meu tornozelo. E agora de algum ponto distante no meio das samambaias veio um som fino e agudo, a nota de um pífaro arcaico perfurando o ar laqueado, e Chloe, ao pé da árvore, franziu o rosto como que convocada ao serviço ativo, debruçou-se, colheu uma folha de grama e, apertando essa lâmina entre os polegares, extraiu dela uma nota de resposta que soou forte na cavidade da concha das suas mãos.

    Depois de um ou dois minutos intermináveis, minha *maja* esparramada recolheu a perna, tornou a deitar-se de lado e adormeceu com uma rapidez impressionante — seus roncos suaves eram o som de um pequeno motor que tentava pegar e jamais conseguia — e me endireitei no chão com muito cuidado, como se alguma coisa em equilíbrio precário dentro de mim pudesse espatifar-se ao menor movimento brusco. E na mesma hora tive uma amarga sensação de esvaziamento. A excitação do momento anterior passou, deixando uma opressão difusa no meu peito, gotas de suor nos meus cílios e acima dos lábios, e a pele úmida pressionada pelo elástico da cintura do meu short quente e irritada. Eu me sentia intrigado, e também estranhamente melindrado, como se fosse eu, e não ela, cuja intimidade houvesse sido abusivamente devassada. Foi uma manifestação da deusa que eu testemunhei, sem a menor dúvida, mas o instante de divindade foi de uma brevidade desconcertante. Diante do meu ávido olhar a sra Grace se transformou de mulher em demônio e, num instante, voltou a ser uma simples mulher. Num momento ela era Connie Grace, casada com o seu marido, mãe de seus filhos, e no momento seguinte se tornou objeto de uma adoração sem limite, um ídolo sem rosto, arcaico e elementar, conjurado pela força do meu desejo, mas então alguma coisa nela perdeu de repente a energia e senti uma vertigem de repulsa e vergonha, não vergonha por mim mesmo e do que vislumbrei nela mas, obscuramente, pela própria mulher e não devido a alguma coisa que tivesse feito, mas pelo que ela era, quando com um gemido rouco ela se virou de lado e entregou-se ao sono, não mais um demônio da tentação mas apenas ela própria, mulher mortal.

 Entretanto, não obstante todo o meu desconcerto, é a mulher mortal, e não a divina, quem continua a brilhar para mim, ainda que com a luz embaçada, em meio às sombras do que se foi. Ela é na minha memória o seu próprio avatar. O que será mais real, a mulher reclinada na plataforma gramada das minhas lembranças ou o pó e a medula seca disseminados que são tudo que a terra ainda conserva dela? Pode ser que para outros, alhures, ela persista, um personagem dotado de movimento no museu de cera da memória, mas as versões deles serão diferentes da minha, e umas das outras. Assim nas mentes de muitos cada um se ramifica e dispersa. Não perdura, não tem como perdurar, não é a imortalidade. Carregamos os mortos conosco só até morrermos nós também, e então nós é que somos carregados por algum tempo até nossos carregadores tombarem por sua vez, e assim por diante inimagináveis gerações afora. Eu me lembro de Anna, nossa filha Claire há de se lembrar de Anna e se lembrar de mim, depois Claire terá desaparecido e haverá quem se lembre dela mas não de nós, e esta será nossa dissolução final. É verdade que alguma coisa de nós irá permanecer, uma foto desbotada, um cacho de cabelos, algumas impressões digitais, átomos dispersos no ar do aposento onde demos nosso último alento, mas nada disso será nós, o que somos e fomos, só a poeira dos mortos.

Na infância eu era muito religioso. Não devoto, só compulsivo. O Deus que eu venerava era Javé, o destruidor de mundos, não o doce Jesus humilde e suave. A Divindade para mim era ameaça, e eu respondia com medo e sua concomitante inevitável, a culpa. Fui um verdadeiro virtuoso da culpa nesses tempos juvenis, e ainda sou nestes tempos mais idosos, aliás. Na época da minha primeira comunhão, ou, mais precisamente, da primeira confissão que a antecederia, um padre vinha diariamente à nossa escola para iniciar nossa turma de penitentes implumes nas complexidades da doutrina cristã. Era um fanático magro e pálido sempre com restos de alguma coisa branca nos cantos dos lábios. Recordo com especial clareza uma peroração arrebatada que nos fez numa bela manhã de maio sobre o pecado do olhar. Sim, o olhar. Instruiu-nos sobre as várias categorias de pecado, por comissão ou omissão, os mortais e os veniais, os sete capitais e os terríveis de que, segundo se dizia, só um bispo podia absolver, mas ali, ao que parece, estava uma nova categoria: o pecado passivo. Ou imaginávamos, perguntou o padre Bocabranca em tom jocoso, percorrendo a distância entre a porta e a janela e a janela e a porta com passos impetuosos, a batina agitada e uma estrela de luz cintilando em sua testa estreita mas calva como um reflexo do próprio eflúvio divino, imaginávamos que o pecado precisava sempre envolver alguma ação? Olhar com luxúria, com inveja ou com ódio é o mesmo que a luxúria, a inveja ou o ódio; o desejo insucedido pelo ato também deixa marcas na alma. Afinal, o próprio Nosso Senhor, exclamava ele, animado com seu raciocínio, o próprio Nosso Senhor disse que o homem que olha para a mulher com um ânimo adúltero praticamente comete adultério. A essa altura ele tinha se esquecido de nós, sentados ali como um bando de camundongos com os olhos levantados para ele numa incompreensão admirada. Embora isso tudo fosse uma novidade tão grande para mim quanto para os outros meninos da turma — o que seria o adultério, um pecado que só os adultos cometiam? — eu compreendi alguma coisa a meu modo, e fui receptivo às suas palavras, pois mesmo apenas com sete anos já era contumaz espião de atos que não devia presenciar, conhecia bem o prazer obscuro de me apossar das coisas com os olhos e a vergonha ainda mais obscura que nos acomete em seguida. Assim, quando me fartei de olhar, e de fato olhei bem fartamente, para as coxas da sra Grace até a cava de suas calcinhas e para aquele vinco que separava o alto de suas pernas do começo de sua bunda, era natural que eu corresse imediatamente os olhos em volta, por medo de que, aquele tempo todo, alguém pudesse por sua vez estar espionando a mim, o espião. Myles, que tinha voltado do meio das samambaias, estava ocupado observando Rose, e Chloe ainda estava perdida em devaneios vãos debaixo do pinheiro, mas e o sr Grace, não estaria me observando o tempo todo, por baixo da aba daquele chapéu? Ele continuava sentado como se tivesse desabado na cadeira, o queixo apoiado no peito e a barriga peluda projetando-se para fora da camisa aberta, um tornozelo ainda apoiado num joelho, de maneira que eu também podia enxergar pela parte interna da coxa dele acima, até a protuberância redonda em seu short cáqui, encerrada a ponto de estourar entre coxas grossas. Por toda aquela longa tarde, enquanto o pinheiro estendia sua sombra arroxeada cada vez mais escura pela grama em sua direção, ele mal se levantou de sua cadeira dobrável, exceto para tornar a encher a taça de vinho da mulher ou pegar alguma coisa para comer — ainda consigo vê-lo, esmagando meio sanduíche de presunto entre os dedos em cacho e o polegar e enfiando a maçaroca resultante de uma vez só no buraco vermelho da sua barba.

Para nós, naquela época, àquela idade, todos os adultos eram imprevisíveis, até mesmo um tanto doidos, mas Carlo Grace requeria um acompanhamento especial. Era dado à finta repentina, à guinada inesperada. Sentado numa poltrona e aparentemente absorto em seu jornal, disparava uma das mãos com a velocidade de um bote de serpente quando Chloe passava por ele, pegando sua orelha ou um punhado de seu cabelo, que torcia com vigor e de maneira dolorosa, sem dizer palavra nem interromper sua leitura, como se braço e mão tivessem agido por conta própria. Interrompia-se deliberadamente no meio de uma frase e se calava, imóvel como uma estátua, uma das mãos suspensa no ar, contemplando com olhos vazios o nada além do ombro espasmódico de seu interlocutor, como que atento a algum alarme ou tumulto distante que só ele percebesse, e depois fingia que ia agarrar o pescoço da pessoa com quem falava, emitindo um riso sibilado por entre os dentes. Costumava fazer consultas complicadas ao carteiro da cidade, que era quase retardado, quanto às mudanças possíveis do tempo ou o resultado provável de um jogo de futebol, assentindo com a cabeça, franzindo a testa e cofiando a barba, como se as respostas do outro fossem pérolas da mais pura sabedoria, e depois, quando o pobre sujeito, iludido, ia embora, assobiando orgulhoso, ele se virava para nós e sorria, com as sobrancelhas erguidas e os lábios franzidos, balançando a cabeça numa zombaria muda. Embora eu achasse que concentrava toda a minha atenção nos outros, acho hoje que foi de Carlo Grace que derivei a primeira impressão de estar na presença dos deuses. Apesar de todo o seu comportamento distante, zombeteiro e indiferente, era ele que parecia estar no comando de todos nós, uma divindade risonha, o Posêidon do nosso verão, a cujo menor sinal nosso mundinho dispunha-se obediente em seus atos e divisões.

Mas aquele dia de licenciosidade e convites ilícitos ainda não tinha acabado. Enquanto a sra Grace, estendida ali na plataforma gramada, continuava a roncar baixinho, um torpor tomou conta do resto de nós naquele modesto recanto, a rede invisível de lassidão que cai sobre um grupo de pessoas quando um de seus membros cai no sono. Myles estava deitado na relva de bruços a meu lado mas olhava na direção oposta, ainda fitando Rose sentada atrás de mim junto a um canto da toalha de mesa, indiferente, como sempre, ao seu olhar vidrado. Chloe ainda estava de pé à sombra do pinheiro, com alguma coisa na mão, o rosto erguido, olhando atenta para cima, talvez para alguma ave, ou só para o rendilhado dos ramos contra o céu, e as nuvens brancas e arredondadas que tinham começado a avançar aos poucos, vindas do mar. Como estava pensativa e ao mesmo tempo claramente definida, com aquele cone de pinheiro — era isso mesmo? — nas mãos, seu olhar interessado fixo em algum ponto entre os ramos banhados de sol. De repente ela se tornou o centro da cena, o ponto de fuga para o qual tudo convergia, de repente era em favor dela que aqueles padrões e aquelas sombras tinham sido dispostos com uma negligência tão meticulosa: a toalha branca na relva lustrosa, a árvore inclinada de um verde--azulado, as franjas das samambaias, até mesmo as nuvenzinhas que tentavam dar a impressão de imobilidade, bem alto no céu marítimo e ilimitado. Olhei para a sra Grace adormecida, olhei para ela quase com desdém. De uma hora para a outra ela não era mais que um imenso torso arcaico e sem vida, a efígie caída de alguma deusa que a tribo não adorava mais e tinha tombado no chão, um alvo para os meninos da aldeia com suas fundas, seus arcos e suas flechas.

Abruptamente, como que despertada pelo toque frio do meu menosprezo, ela se sentou e lançou um olhar vago à sua volta, piscando muito. Conferiu o conteúdo de sua taça de vinho e pareceu surpresa de descobrir que estava vazia. A gota de vinho que tinha caído em seu sutiã branco deixou uma mancha cor-de-rosa, que ela esfregou com a ponta de um dedo, estalando a língua. Em seguida, olhou novamente para nós, pigarreou e anunciou que íamos todos brincar de esconde-esconde. Todos olharam para ela, até mesmo o sr Grace. "Eu é que não vou procurar ninguém", disse Chloe de seu posto à sombra da árvore e rindo, com uma expiração rápida pelo nariz em sinal de descrença, e quando a mãe disse que ia sim, chamando-a de estraga-prazeres, ela se aproximou da cadeira do pai, apoiou um cotovelo no ombro dele e apertou os olhos na direção da mãe, e o sr Grace, velho deus bode sorridente, passou um braço em redor dos seus quadris e a envolveu num abraço peludo. A sra Grace virou-se para mim. "Você brinca, não é?" perguntou ela. "E Rose também."

    Eu vejo essa brincadeira como uma série de quadros nítidos, flagrantes de movimento, todos cor e velocidade: Rose da cintura para cima correndo por entre as samambaias com sua blusa vermelha, a cabeça alta e os cabelos negros derramados atrás dela; Myles, com uma mancha de seiva de samambaia na testa à guisa de pintura de guerra, contorcendo-se para tentar livrar-se dos meus braços enquanto eu cravava os dedos com mais força em sua carne e sentia o atrito dos ossos que formavam o encaixe do seu ombro; mais uma visão passageira de Rose correndo, dessa vez na areia dura além da clareira, onde era perseguida por uma sra Grace que ria com abandono, duas mênades descalças emolduradas por um instante pelo tronco e pelos galhos do pinheiro, além delas o brilho prateado opaco das águas da baía e um azul fosco profundo que se estendia ininterrupto até o horizonte. Aqui, a sra Grace numa clareira em meio às samambaias, apoiada num dos joelhos como uma velocista à espera do tiro de partida, que, quando eu a surpreendo, em vez de fugir como recomendam as regras do jogo me chama para seu lado com um aceno urgente da cabeça, me faz agachar-me a seu lado, passa um braço em torno de mim e me aperta contra ela, a ponto de me fazer sentir o volume dos seus seios, ouvir as batidas do seu coração e sentir seu cheiro de leite e vinagre. "Pssst!" diz ela, e encosta um dedo nos meus lábios — nos meus, não nos dela. Está trêmula, e ondas de riso sacodem seu corpo.

Não chego tão perto de uma mulher adulta desde que era um bebê nos braços da minha mãe, mas em lugar de desejo sinto agora apenas uma espécie de medo cru. Rose nos descobre aos dois agachados ali, e faz um ar de reprovação. A sra Grace, agarrando a mão da jovem como que para ajudá-la a levantar-se, na verdade a puxa para cima de nós dois e segue-se uma confusão de braços, pernas, os cabelos esvoaçantes de Rose até que nós três, apoiando-nos nos cotovelos e arquejando, nos espalhamos, com os dedos dos pés encostados, formando uma estrela em meio às samambaias esmagadas. Eu me levanto, tomado por um medo súbito de que a sra Grace, minha súbita ex-amada, torne a exibir-me licenciosamente as suas partes, ao que ela ergue uma das mãos para sombrear os olhos e me contempla com um sorriso impenetrável, duro e desprovido de calor. Rose também se levanta, espanando a saia, e murmura algumas palavras raivosas que não entendo enquanto se afasta em meio às samambaias. A sra Grace dá de ombros. "Ciúmes", diz ela, e então me pede que vá buscar os seus cigarros, pois de uma hora para a outra, declara, está morrendo de vontade de fumar.

Quando voltamos para a plataforma relvada e o pinheiro, Chloe e seu pai não estavam mais lá. Os restos do piquenique, espalhados na toalha branca, tinham um ar de cálculo, como se tivessem sido dispostos ali dessa maneira, uma mensagem em código para decifrarmos. "Que beleza", diz a sra Grace em tom contrariado, "deixaram a arrumação por nossa conta." Myles torna a emergir do meio das samambaias, se ajoelha, pega uma folha de grama, produz outra nota aguda entre seus polegares e fica esperando, imóvel e enlevado como um fauno de gesso, a luz do sol reluzindo em seus cabelos cor de palha clara, e um momento mais tarde, de bem longe, chega o assobio de Chloe em resposta, uma nota nítida e muito alta que trespassa como uma agulha o dia de verão que se dissipa.

A propósito de observar e ser observado, preciso mencionar o longo e implacável exame que dediquei a mim mesmo no espelho do banheiro hoje de manhã. Geralmente, nos últimos tempos, não perco mais tempo que o estritamente necessário diante do meu reflexo. Houve uma época em que eu gostava do que via no espelho, mas hoje não. Hoje eu me assusto, e mais que me assusto, com o semblante que ali assoma abruptamente, nunca e de maneira alguma aquele que eu esperava. Fui desalojado a cotoveladas por uma paródia de mim mesmo, uma triste figura desgrenhada com uma máscara de borracha de pele pendente de um rosa-acinzentado, mantendo apenas uma semelhança passageira com a imagem da minha aparência que teimo em conservar na mente. Além do outro problema que tenho com espelhos. Quer dizer, tenho muitos problemas com espelhos, mas em sua maioria são de natureza metafísica, enquanto este de que falo é de ordem totalmente prática. Devido a meu tamanho absurdo e fora do comum, os espelhos em cima das pias sempre são baixos demais para mim, e sou forçado a me abaixar para ver a totalidade do meu rosto. Ultimamente, quando me vejo olhando-me do espelho encurvado assim, com essa expressão de surpresa nebulosa e do medo lento e vago que hoje me acompanha perpetuamente, a boca semiaberta e as sobrancelhas arqueadas como de cansado espanto, sinto que adquiri definitivamente uma aparência que faz pensar num enforcado.

Quando cheguei aqui, pensei em deixar crescer a barba, mais por inércia que por qualquer outro motivo, mas ao final de três ou quatro dias percebi que os pelos tinham uma coloração peculiar de ferrugem escura — agora eu entendo por que Claire pode ser ruiva — sem nenhuma relação com os cabelos do meu crânio, e salpicados de manchas de prata. Essa vegetação arruivada, áspera como uma lixa, combinada com aquele olhar fugidio e injetado, me transformava num presidiário de história em quadrinhos, um bandido realmente perigoso, talvez ainda não enforcado mas definitivamente no Corredor da Morte. Minhas têmporas, onde os cabelos grisalhos escassearam, estão cobertas de sardas cor de chocolate como as de Avril, ou sinais de velhice, como imagino que sejam, qualquer um dos quais, sei disso perfeitamente, pode expandir-se sem controle de um momento para o outro ao sabor dos caprichos de uma célula enlouquecida. Percebo também que minha rosácea se encontra em processo acelerado. A pele da minha testa aparece toda marcada de manchas encarnadas, e vejo uma poderosa irritação dos lados do meu nariz, enquanto mesmo as minhas bochechas vêm desenvolvendo um rubor repulsivo. Meu exemplar venerável e muito folheado do *Dicionário médico*, de autoria do ilustre e sempre insuperável dr William A. R. Thomson — Adam & Charles Black, editores, Londres, trigésima edição, com quatrocentas e quarenta e uma ilustrações em preto e branco, ou em cinza e outros cinzas, e quatro pranchas coloridas que nunca deixam de paralisar as dobras do meu coração —, me informa que a rosácea, um belo nome para uma condição muito desagradável, deve-se a uma *congestão crônica das áreas do rosto e da testa sujeitas ao enrubescimento, levando à formação de pápulas vermelhas*; o resultante eritema, nome que nós, os conhecedores de medicina, damos à vermelhidão da pele, tende a alternar momentos de intensidade com outros mais atenuados, mas ao cabo de algum tempo se torna permanente, *e pode*, adverte o cândido doutor, *ser acompanhado de um importante inchaço das glândulas sebáceas (ver pele), produzindo o importante engrossamento do nariz conhecido como rinofima (q.v.) ou elefantíase nasal*. A repetição — *importante inchaço... importante engrossamento* — é uma infelicidade pouco característica do estilo da prosa eufônica, embora um tanto antiquada, do dr Thomson. Eu me pergunto se ele atenderá em domicílio. Deve ter modos tranquilizadores e dispor de informações quase infinitas sobre todo tipo de questão, nem todas necessariamente ligadas à saúde. Os médicos são mais versáteis do que se reconhece. O Roget autor do *Roget's Thesaurus* era formado em medicina, realizou importantes pesquisas sobre a tuberculose e o gás hilariante, e sem dúvida deve ter curado muitos pacientes, ainda por cima. Mas elefantíase nasal, eis uma enfermidade que ninguém deseja.

Quando examino meu rosto assim no espelho, penso, naturalmente, nos últimos estudos que Bonnard produziu de si mesmo no espelho do banheiro de Le Bosquet perto do final da guerra, depois da morte de sua mulher — os críticos classificam esses autorretratos de impiedosos, embora eu não veja por que motivo deveriam ser marcados logo pela piedade —, mas na verdade o que meu reflexo mais me lembra, acabo de descobrir, é aquele autorretrato de Van Gogh, não o famoso com a atadura, o cachimbo e o chapéu velho, mas o de uma série anterior, pintada em Paris em 1887, em que ele aparece com a cabeça descoberta de colarinho alto e uma gravata azul-clara, com todas as orelhas intactas e a aparência de quem acaba de emergir de banhos frios especialmente massacrantes, a testa curva, as têmporas côncavas e as faces encovadas como que de fome; ele olha de lado para fora do quadro, com ar hostil e uma promessa de raiva, esperando o pior, como era justo esperar.

Hoje de manhã, foi o estado dos meus olhos que me provocou a impressão mais profunda, a esclerótica craquelada por aquelas minúsculas veias de um vermelho vivo e as úmidas pálpebras inferiores inflamadas e um pouco frouxas, pendendo afastadas dos globos oculares. Notei que quase não tenho mais cílios, eu que na juventude tive pestanas sedosas que as moças invejavam. Na extremidade interna das pálpebras superiores, encontrei um calombo um pouco antes da curvatura do canto, quase elegante não fosse pelo tom amarelo que sua ponta hoje exibe em permanência, como se estivesse infectada. E aquele bulbo no canto propriamente dito, para que servirá? Nada num rosto humano resiste a um escrutínio prolongado. A palidez salpicada de rosado das minhas faces, que estão, infelizmente, sim, encovadas, como as do pobre Vincent, fica mais notável e doentia devido à luz refletida pelas paredes brancas e o esmalte da pia. Essa luz não era a luz diurna de um outono setentrional, mas parecia antes o brilho duro, implacável e seco, do extremo sul. Ela atingia o vidro à minha frente e mergulhava no destempero das paredes, dando-lhes a textura quebradiça e ressecada de uma pena de sépia. Uma mancha de luz na curva da pia espalhava-se em todas as direções como uma nebulosa imensamente distante. De pé ali naquela caixa branca de luz, vi-me transportado por um instante para algum litoral distante, real ou imaginário, não sei ao certo, embora os detalhes tivessem uma definição onírica notável, em que me sentei ao sol numa extensão de areia firme em camadas tendo nas mãos uma pedra azulada grande, chata e lisa. A pedra estava seca e quente, e tive a impressão de levá-la aos lábios, onde ela parecia ter o sabor salgado das profundezas e das distâncias do mar, de ilhas remotas, lugares perdidos sombreados por frondes inclinadas, as frágeis ossadas de peixes, algas apodrecidas e restos atirados à praia. As pequenas ondulações à minha frente à beira da água falavam com uma voz animada, contando em sussurros ansiosos a história de alguma antiga calamidade, o saque de Troia, talvez, ou o afundamento de Atlântida. Tudo transborda, salobro e reluzente. Pérolas de água se desprendem e caem formando um fio prateado da ponta de um remo. Vejo o navio negro ao longe, imperceptivelmente mais próximo a cada instante. Estou lá. Escuto o seu canto de sereia. Estou lá, estou quase lá.

II

ACHO QUE PASSÁVAMOS, Chloe, Myles e eu, a maior parte dos dias no mar. Mergulhávamos com sol ou com chuva. Mergulhávamos de manhã, quando o mar estava indolente como uma sopa, e mergulhávamos à noite, quando a água fluía sobre os nossos braços como ondulações de cetim negro; uma tarde ficamos dentro d'água durante uma tempestade, e o garfo de um relâmpago atingiu a superfície tão perto de nós que ouvimos a crepitação e sentimos o cheiro de ar queimado. Eu nem era muito bom nadador. Os gêmeos faziam aulas desde que eram bebês, e cortavam as ondas sem dificuldade, como duas tesouras reluzentes. O que me faltava em habilidade e graça eu compensava com a resistência. Era capaz de percorrer grandes distâncias sem parar, o que fazia muito, havendo algum tipo de plateia, avançando com desajeitadas braçadas laterais até esgotar não só as minhas forças como a paciência dos espectadores na praia.

Foi ao final de uma dessas tristes e modestas exibições de gala que tive a primeira intimação de uma ligeira mudança nos sentimentos de Chloe por mim ou, melhor dizendo, de que ela tinha sentimentos por mim e de que estes haviam sofrido uma mudança. Anoitecia, e eu percorri a nado a distância — quanto, cem ou duzentos metros? — entre dois dos molhes de concreto, agora cobertos de limo verde, lançados ao mar muito antes numa tentativa baldada de conter a erosão irresistível da praia. Saí tropeçando nas ondas e descobri que Chloe tinha ficado à minha espera, na praia, todo o tempo que eu passara na água. Enrolada numa toalha, tremia espasmodicamente; seus lábios estavam roxos. "Você não precisa se mostrar, sabe disso", disse-me ela aborrecida. Antes que eu pudesse responder — e o que poderia ter dito, aliás, já que ela tinha razão, eu estava mesmo me mostrando — Myles desceu as dunas acima de nós a grandes saltos, cobrindo a nós dois de areia, e na mesma hora tive uma imagem, perfeitamente nítida e estranhamente comovente, de Chloe como eu a tinha visto da primeira vez no dia em que ela pulou do alto de outra duna para o meio da minha vida. Agora ela me entregou minha toalha. Nós três éramos as únicas pessoas na praia. O ar enevoado e cinzento do anoitecer transmitia a sensação de cinzas molhadas. Eu nos vejo dando meia-volta e tomando o rumo da brecha em meio às dunas que levava à Station Road. Um canto da toalha de Chloe se arrasta pela areia. Eu caminho a seu lado com a minha toalha dobrada num ombro e meus cabelos molhados escorridos, um senador romano em miniatura. Myles vai correndo à frente. Mas quem é que continua na praia à meia-luz, junto ao mar cada vez mais escuro que parece arquear o dorso como um animal selvagem à medida que a noite avança depressa da neblina do horizonte? Qual é essa versão fantasmagórica de mim que ali observa a nós — a eles — essas três crianças — que ficam cada vez mais indistintas naquele ar cinéreo e depois atravessam a passagem que os deixará ao pé da Station Road?

Ainda não descrevi Chloe. Na aparência não havia muita diferença entre nós dois, ela e eu, naquela idade, quero dizer, em termos do que poderia ser medido. Mesmo os seus cabelos, quase brancos mas que escureciam quando molhados, adquirindo uma cor de trigo lustroso, eram pouco mais compridos que os meus. E ela os usava num corte de pajem, com uma franja na frente pendendo sobre a testa alta e estranhamente convexa — parecida, agora me ocorre, notavelmente parecida com a testa da silhueta fantasmagórica que paira de perfil no quadro *Mesa diante da janela*, de Bonnard, o quadro em que figuram a fruteira, o livro e a janela que, ela própria, lembra muito uma tela apoiada num cavalete, vista de trás; tudo me parece outra coisa, eis algo que percebo cada vez mais. Um dos meninos mais velhos do Campo me garantiu um dia com um riso maldoso que uma franja como a de Chloe era um sinal seguro de que ela era dada a ficar sozinha brincando daquilo. Eu não sabia do que ele estava falando, mas tinha certeza de que Chloe não brincava de nada, nem sozinha nem com mais ninguém. Não eram com ela as partidas de *rounders* ou as brincadeiras de pique de que eu antes participava com os outros meninos do Campo. E que ar de desprezo ela fazia, dilatando as narinas, quando eu lhe contava que nas famílias que ocupavam os chalés havia meninas da sua idade que ainda brincavam de boneca. Ela sentia um profundo desprezo pela grande maioria de suas coetâneas. Não, Chloe só brincava com Myles, e o que acontecia entre eles dois não era propriamente brincadeira.

O garoto que tinha falado da franja — de repente eu o revejo como se estivesse aqui à minha frente, Joe alguma coisa, um sujeito corpulento de ossos grandes, com orelhas de abano e cabelo escovinha — disse também que os dentes de Chloe eram verdes. Fiquei indignado, mas ele tinha razão; havia, constatei, assim que tive a oportunidade de olhar direito, um ligeiro matiz no esmalte de seus incisivos que era de fato verde, mas de um verde-cinza úmido e delicado, como a luz líquida debaixo das árvores depois da chuva ou o verde-maçã fosco da parte inferior das folhas refletidas em água parada. Maçãs, sim, seu hálito também cheirava a maçã. Éramos pequenos animais, farejando um ao outro. Eu apreciava especialmente, quando passei a ter a oportunidade de saboreá-lo, o aroma de queijo que se acumulava nas reentrâncias de seus cotovelos e joelhos. Ela não era, sou levado a admitir, a mais higiênica das meninas, e de maneira geral emanava, mais forte à medida que o dia avançava, um odor um tanto estagnado de filhote de cachorro, como o que permanece, como o que permanecia, nas latas vazias de biscoito dos armazéns — será que ainda vendem a peso biscoitos tirados dessas latonas quadradas? Suas mãos. Seus olhos. Suas unhas roídas. De tudo isso me lembro, me lembro intensamente, mas ainda assim são memórias soltas, que não consigo congregar numa unidade. Por mais que eu tente, por mais que faça de conta, não consigo conjurá-la como consigo invocar sua mãe, por exemplo, ou Myles, ou mesmo o orelhudo Joe do Campo. Não consigo, em suma, vê-la. Permanece indistinta diante da visão da minha memória a uma certa distância, sempre um pouco além do alcance do foco, recuando exatamente à mesma velocidade com que avanço. Mas como eu avanço na direção de algo que vem minguando cada vez mais depressa, por que não consigo alcançá-la? Mesmo assim às vezes ainda a vejo na rua, quer dizer, alguém que poderia ser ela, com a mesma testa abaulada e os mesmos cabelos claros, o mesmo andar atrevido ainda que curiosamente hesitante, com os pés para dentro, mas sempre jovem demais, anos, anos, jovem demais. Este é o mistério que me intrigava na época, e que ainda hoje me desconcerta. Como ela podia estar comigo num momento e, no momento seguinte, deixar de estar? Como podia estar num lugar tão absolutamente outro? Era isto que eu não conseguia compreender, que não me entrava na cabeça e ainda não entra. Uma vez removida da minha presença ela devia transformar-se por direito em pura imaginação, uma das minhas memórias, um dos meus sonhos, mas todos os indícios me apontavam que mesmo longe de mim ela continuava a ser solidamente, obstinadamente, incompreensivelmente ela mesma. E ainda assim as pessoas vão embora, desaparecem. É este o grande mistério; o maior de todos. Eu também podia ir embora, sim, de uma hora para a outra podia ir embora e ser como se nunca tivesse sido, mas ocorre que o prolongado costume de viver me indispõe para a morte, como disse o dr Browne.

"*Paciente*", Anna me disse um dia já perto do fim, "que palavra estranha. Porque na verdade não me sinto nem um pouco paciente."

Quando exatamente transferi minhas preferências — como sou incorrigivelmente apegado a essas formulações antiquadas! — da mãe para a filha eu não saberia dizer. Houve aquele momento de *insight* e intensidade no piquenique, com Chloe, à sombra do pinheiro, mas no caso foi uma cristalização antes estética que amorosa ou erótica. Não, não me lembro de nenhum momento grandioso de reconhecimento ou confirmação, nenhuma entrega tímida e escorregadia da mão de Chloe à minha, nenhum abraço súbito e tempestuoso, nenhuma promessa gaguejante de amor eterno. Quer dizer, deve ter acontecido alguma dessas coisas, ou mesmo todas, deve ter havido uma primeira vez que ficamos de mãos dadas, nos abraçamos, trocamos declarações, mas essas primeiras vezes estão perdidas nas dobras de um passado cada vez mais evanescente. Mesmo no fim de tarde em que, batendo os dentes, saí do mar e a encontrei com os lábios roxos à minha espera na praia ao anoitecer, não experimentei a detonação muda que se espera do amor, mesmo no coração supostamente insuscetível de um garoto. Eu vi que ela estava com muito frio, e entendi quanto tempo tinha ficado à minha espera, registrei ainda a maneira brusca e carinhosa como esfregou a toalha nas minhas costelas arrepiadas e a abriu nos meus ombros, mas vi, entendi e registrei tudo isso com pouco mais que um tênue fulgor de gratificação, como se um sopro morno tivesse chegado a uma chama que ardia dentro de mim em algum ponto nos arredores do coração, transformada numa breve labareda. Ainda assim, o tempo todo, uma transmutação, para não dizer uma transubstanciação, devia vir ocorrendo, em segredo.

Lembro-me na verdade de um beijo, um dentre os tantos que esqueci. Se foi ou não nosso primeiro beijo eu não sei. Significavam tanto naquele tempo, os beijos, incendiavam tudo à nossa volta, fagulhas e fogos de artifício, fontes luminosas, gêiseres em erupção, a coisa toda. E esse aconteceu — não, foi trocado — não, foi consumado, eis a palavra, no cinema de ferro corrugado que vem sendo sub-repticiamente construído o tempo todo para esta finalidade exata com as muitas referências enviesadas que salpiquei por estas páginas. Era uma construção que lembrava um celeiro, erguida num terreno maltratado entre a Cliff Road e a praia. O telhado formava um ângulo agudo e o prédio não tinha janelas, só uma porta de um lado, aparelhada com uma cortina pesada, de couro, acho eu, ou algum outro material igualmente rígido e pesado, para impedir que a tela se manchasse de branco quando os retardatários entravam durante as matinês ou no final da tarde enquanto o sol despejava seus últimos raios pontiagudos caindo atrás das quadras de tênis. Os assentos eram longos bancos de madeira — sem encosto — e a tela era um quadrado grande de linho que qualquer corrente de ar desgarrada fazia ondular langorosamente, emprestando um balanço extra aos quadris revestidos de seda da heroína ou um tremor incongruente à mão do pistoleiro que empunhava a arma. O proprietário era o sr Reckett, ou Rickett, um sujeito baixinho com um suéter de listras coloridas, assessorado por dois belos filhos adolescentes que sentiam uma certa vergonha, sempre achei, do negócio da família, contaminado pela má fama das cabines privativas de filmes eróticos e do teatro de revista. Havia um único projetor, geringonça barulhenta que tendia a superaquecer — estou convencido de uma vez ter visto a fumaça subir das suas entranhas — de maneira que a exibição de um longa-metragem demandava no mínimo duas trocas de rolo. Nesses intervalos, o sr R., que era também o projecionista, não acendia as luzes, dando assim — de caso pensado, tenho certeza, pois seu cinema tinha uma reputação convidativamente dúbia — aos numerosos casais da casa, mesmo os formados por menores de idade, a oportunidade para um ou dois minutos de explorações eróticas veladas na escuridão absoluta.

Naquela tarde, a tarde chuvosa de sábado do beijo momentoso que estou prestes a descrever, Chloe e eu estávamos sentados no meio de um banco das primeiras filas, tão próximos à tela que esta parecia inclinar-se sobre nós a partir do alto e mesmo o mais benigno dos fantasmas em preto e branco que tremulavam em sua superfície erguia-se diante de nós dois com uma intensidade ameaçadora. Eu vinha segurando a mão de Chloe havia tanto tempo que já não a sentia na minha — nem o próprio embate primal poderia ter fundido tão completamente nossas carnes quanto naquelas primeiras vezes em que ficamos de mãos dadas — e quando a tela se apagou depois de um tropeço e alguns gaguejos, seus dedos se debateram como peixes e eu também me agitei. Acima de nós, a tela conservava uma tênue e pulsante luminosidade penumbral cinzenta que persistiu por um longo momento antes de apagar-se, e da qual alguma coisa pareceu permanecer mesmo depois de sumir, o fantasma de um fantasma. No escuro, ouviram-se os apupos e os assobios de sempre e o trovejar de pés no chão. Como que obedecendo a um sinal, debaixo daquele dossel de barulho, Chloe e eu viramos a cabeça ao mesmo tempo e, com a devoção de quem tomasse um vinho sagrado, avançamos os rostos um para o outro até nossas bocas se encontrarem. Não se enxergava nada, o que intensificava todas as sensações. Tive a impressão de que alçávamos voo sem nenhum esforço, com uma lentidão de sonho, na escuridão densa e impregnada de poeira. O clamor à nossa volta ficou então imensamente distante, o mero rumor de um tumulto afastado. Os lábios de Chloe eram frescos e secos. Senti o sabor de seu hálito urgente. Quando finalmente com um estranho suspiro sibilante ela afastou o rosto do meu, um tremor cálido percorreu a minha espinha, como se alguma coisa quente dentro de mim se tivesse liquefeito escorrendo pelo oco da coluna abaixo. Então o sr Rickett ou Reckett — ou talvez fosse Rockett? — devolveu o projetor à sua vida crepitante e os espectadores se acomodaram em relativa quietude. A tela cintilou branca, o filme começou a desfilar clamoroso por sua portinhola, e um segundo antes que a trilha sonora recomeçasse ouvi a chuva forte que vinha tamborilando no telhado de ferro cessar de repente.

A felicidade era outra coisa na infância. Nessa época, era praticamente uma simples questão de acúmulo, de pegar coisas — novas experiências, novas emoções — e aplicá-las como azulejos nas paredes do que um dia haveria de tornar-se o pavilhão lindamente acabado do meu ser. E a incredulidade, também, era responsável por grande parte da felicidade. Estou falando da incapacidade eufórica de acreditar plenamente na simples sorte que eu tinha. Lá estava eu, de uma hora para a outra, com uma garota nos meus braços, pelo menos figurativamente, fazendo as coisas que os adultos faziam, pegando a mão dela e beijando-a no escuro, e, depois que o filme acabou, postando-me de lado, emitindo um pigarro grave de bons modos, para deixar que ela passasse à minha frente por baixo da cortina pesada e através da porta, indo ao encontro da luz lavada pela chuva do sol do fim de tarde de verão. Eu era eu mesmo e ao mesmo tempo outra pessoa, uma pessoa totalmente diversa, totalmente nova. Enquanto caminhava logo atrás dela atravessando a multidão que forcejava devagar na direção do Strand Café, encostei a ponta de um dedo nos lábios, os lábios que tinham beijado os dela, esperando até certo ponto encontrá-los modificados de algum modo infinitamente sutil mas momentoso. Imaginei que tudo estaria mudado, como o próprio dia, que antes estava escuro e úmido, encoberto por nuvens bojudas quando íamos para o cinema ainda no meio da tarde e agora, ao anoitecer, fora tomado por uma luz fulva e sombras varridas, com joias pendendo das plantas rasteiras e um veleiro vermelho na baía virando de proa e partindo rumo às distâncias já azul-escuras do horizonte.

O café. No café. No café, nós.

Foi um fim de tarde como aquele, o anoitecer de domingo em que cheguei para morar aqui, depois que Anna finalmente partiu. Embora estivéssemos no outono e não no verão, a luz cor de ouro velho do sol e as sombras escuras, longas e delgadas, na forma de ciprestes abatidos, eram as mesmas, e reinava a mesma impressão de tudo encharcado e cravejado de pedrarias, e a mesma cintilação ultramarina na água do mar. Eu sentia uma leveza inexplicável; era como se o cair da noite, com toda a umidade e todo o gotejamento de seu *pathos* falacioso, me tivesse temporariamente aliviado do fardo do luto. Nossa casa, ou minha casa, como imagino que agora fosse, ainda não tinha sido vendida. Eu não havia reunido a coragem de pô-la à venda, mas não podia permanecer lá nem mais um instante. Depois da morte de Anna ela ficou oca, converteu-se numa vasta câmara de eco. Havia ainda algo de hostil no ar, o rosnado intratável de um velho cão incapaz de entender aonde tinha ido a sua amada dona e ofendido pela presença do dono restante. Anna não deixou que ninguém mais soubesse da sua doença. As pessoas suspeitavam de que alguma coisa estava malparada, mas não, até os estágios finais, que estivessem chegando ao paradeiro. Até Claire precisou concluir por conta própria que a mãe estava morrendo. E agora estava tudo acabado, e uma outra coisa tinha começado, para mim, o delicado mister de ser o sobrevivente.

A srta Vavasour demonstrou uma animação tímida com a minha chegada, duas pequenas manchas redondas parecendo papel crepom rosado refulgiram no alto de suas faces finamente vincadas e ela não parava de torcer as mãos à sua frente e contrair os lábios para evitar um sorriso. Quando abriu a porta, o coronel Blunden estava lá, esticando o pescoço atrás dela no corredor de entrada, primeiro para um lado e depois para o outro; pude ver no mesmo instante que ele não foi com a minha cara. E posso entender; afinal, era ele o galo local até minha chegada derrubá-lo do poleiro. Mantendo um olhar colérico fixo no meu queixo, que ficava no nível dos seus olhos, pois ele é baixo apesar da espinha muito ereta, apertou minha mão e pigarreou, todo bons modos masculinos dissimulados e comentários rosnados sobre o tempo, exagerando na interpretação do velho soldado. Há nele alguma coisa que não coaduna, um brilho excessivo, uma plausibilidade calculada. Os sapatos de amarrar bem lustrados, o paletó de *tweed* com os reforços de couro nos cotovelos e nos punhos, o colete amarelo-canário que usa nos fins de semana, tudo parece bom demais para ser verdade. Ele exibe o verniz impecável do ator que vem fazendo o mesmo papel há tempo demais. E me pergunto se será de fato um veterano do Exército.

Ele faz o possível para esconder o sotaque de Belfast que sinais incontroláveis teimam sempre em revelar, escapando-lhe como gases retidos além da conta. E de qualquer maneira, por que ocultá-lo, o que ele teme que isso possa nos revelar? A srta Vavasour me confiou que já o viu, em mais de uma ocasião, entrar às escondidas na igreja aos domingos para a missa matinal. Um coronel, católico de Belfast? Estranho; e muito.

Na área delimitada pela *bay window* do saguão, a antiga sala de visitas, uma mesa desmontável foi posta para o chá. A sala ainda era quase como eu me lembrava, ou como julgava lembrar-me, pois as memórias sempre anseiam por um ajuste perfeito às coisas e aos lugares do passado revisitado. A mesa, seria a mesma junto à qual a sra Grace arrumava as flores naquele dia, o dia do cachorro com a bola na boca? Estava posta com refinamento, um bule grande de prata fazendo conjunto com o coador, a louça esplêndida de fina porcelana, uma cremeira antiga, pinças para os cubos de açúcar, guardanapos bordados. A srta Vavasour estava em modo japonês, os cabelos presos num coque alto e atravessados por duas longas varetas cruzadas, o que me fez pensar, absurdamente, nas estampas japonesas eróticas do século XVIII em que matronas rechonchudas e de rosto de porcelana aceitam impassíveis o tratamento rude de cavalheiros sorridentes de membros desmesurados e, sempre me espanto ao descobrir, dedos dos pés incrivelmente flexíveis.

A conversa não fluía. A srta Vavasour ainda estava nervosa, e o estômago do Coronel roncava. O sol do fim da tarde, banhando um arbusto do lado de fora, no jardim varrido pelo vento, ofuscava os nossos olhos e fazia com que tudo à mesa parecesse sacudir e mover-se. Eu me sentia agigantado, desajeitado, emparedado, como um menor delinquente grandalhão que os pais desesperados tivessem despachado para o campo aos cuidados de um casal de tios mais velhos. Seria tudo um erro terrível? Devia eu murmurar algum pedido de desculpas e bater em retirada para um hotel, ou até voltar para casa, enfrentando seu vazio e seus ecos? Então percebi que tinha vindo para cá justamente para que fosse um erro, para que fosse horrível, para que fosse, para que fosse, nas palavras de Anna, impróprio. "Você ficou louco", disse Claire, "vai morrer de tédio por lá." Por ela não havia problema, retorqui, tinha comprado um belo apartamento novo — *o mais depressa que pôde*, deixei de acrescentar. "Então venha morar comigo", disse ela, "aqui tem lugar para dois." Morar com ela! Lugar para dois! Mas me limitei a agradecer e dizer que não, que preferia ficar sozinho. Não aguento a maneira como ela anda me olhando ultimamente, toda ternura e preocupação filial, a cabeça de lado da mesma maneira que Anna costumava inclinar, uma das sobrancelhas erguida e a testa solicitamente franzida. Mas eu não quero solicitude. Eu quero raiva, vitupérios, violência. É como se eu sentisse uma dor de dente insuportável e, apesar dela, extraísse um prazer vingativo vasculhando repetidamente a cárie dolorida com a ponta da língua. Imagino um punho surgindo de lugar nenhum e me atingindo no meio da cara, quase sinto a pancada e escuto o osso do nariz quebrando, e essa simples ideia já me vale um mínimo de triste satisfação. Depois do enterro, quando as pessoas voltaram para a nossa casa — o que foi horrível, quase insuportável — apertei uma taça de vinho com tanta força que ela se espatifou na minha mão. Gratificado, fiquei olhando meu sangue gotejar como se fosse o sangue de um inimigo que eu tivesse cortado com o gume da espada.

"Quer dizer que o senhor está envolvido com arte", disse o Coronel em tom hostil. "É um ramo promissor, não é?"

Ele estava falando de dinheiro. A srta Vavasour, com os lábios apertados, olhou para ele franzindo severamente a testa e abanando a cabeça em sinal de reprovação. "Ele escreve sobre arte", observou ela num sussurro, engolindo as palavras enquanto as pronunciava, como se daquela maneira eu pudesse ser poupado de escutá-las.

O Coronel deslocou rapidamente o olhar de mim para ela, depois voltou a me fitar e assentiu com a cabeça, sem dizer nada. Ele sabe que entende tudo errado, já se acostumou. Toma seu chá dobrando o dedo mínimo. O dedo mínimo da outra mão está permanentemente dobrado junto à palma, é uma síndrome nada incomum cujo nome esqueci; parece dolorosa, mas ele diz que não. Faz gestos curiosamente amplos e elegantes com essa mão, um maestro convocando as madeiras ou pedindo um *fortissimo* ao coro. Tem um leve tremor, também, e mais de uma vez a xícara de chá colidiu com seus dentes da frente, que devem ser uma dentadura, de tão brancos e regulares. A pele de seu rosto curtido e do dorso de suas mãos é enrugada, castanha e reluzente, lembrando um papel pardo lustroso usado para embrulhar alguma coisa que não devia.

"Entendi", disse ele, sem entender nada.

Um dia em 1893 Pierre Bonnard viu uma jovem descer de um bonde em Paris e, atraído por sua fragilidade e sua beleza pálida, seguiu-a até o lugar onde trabalhava, uma casa de *pompes funèbres*, onde passava os dias costurando pérolas em coroas fúnebres. Assim a morte desde o início acrescentou sua fita negra ao trançado das vidas do casal. Ele logo se apresentou à jovem — imagino que essas coisas fossem conduzidas depressa e com o devido *aplomb* na Belle Époque — e em pouco tempo ela deixava o emprego, além de todo o resto de sua vida, para ir viver com ele. Contou ao pintor que se chamava Marthe de Méligny, e que tinha dezesseis anos. Na verdade, embora ele só fosse descobri-lo mais de trinta anos depois quando finalmente se casaram, o nome verdadeiro dela era Maria Boursin, e quando se conheceram não tinha dezesseis anos mas, como o próprio Bonnard, uns vinte e cinco. Os dois ficariam unidos, na riqueza e na pobreza, ou melhor dizendo na pobreza e na miséria, até a morte dela quase cinquenta anos depois. Thadée Natanson, um dos primeiros mecenas de Bonnard, num texto sobre a vida do pintor, recorda com pinceladas rápidas e impressionistas a diminuta Marthe, escrevendo sobre *sua aparência louca de ave, seus movimentos nas pontas dos pés*. Ela era cheia de segredos, ciumenta, ferozmente possessiva, sofria de complexo de perseguição e era uma grande e dedicada hipocondríaca. Em 1927 Bonnard comprou uma casa, Le Bosquet, na cidade nada notável de Le Cannet na Côte d'Azur, onde foi viver com Marthe, ligado a ela numa reclusão intermitentemente tumultuada, até a morte da mulher quinze anos mais tarde. Em Le Bosquet, ela adquiriu o hábito de passar longas horas na banheira, e foi em sua banheira que Bonnard a pintou muitas e muitas vezes prosseguindo a série até depois da sua morte. As *Baignoires* são o apogeu triunfal de toda a sua obra. Em *Nu com cãozinho*, iniciado em 1941, um ano antes da morte de Marthe, e concluído apenas em 1946, ela aparece estendida no banho toda em rosa e malva e dourado, uma deusa do mundo flutuante, rarefeita, sem idade, ou morta ou viva, tendo a seu lado no piso de cerâmica seu cãozinho castanho, seu gênio protetor, um *dachshund*, acho eu, enrodilhado e atento em seu tapetinho no que pode ser um quadrado de luz do sol admitida por uma janela que não se vê. O estreito banheiro que é seu refúgio vibra à sua volta, pulsando em cores vivas. Seus pés, o esquerdo estendido na extremidade de sua perna impossivelmente comprida, parecem afetar a forma da banheira, provocando-lhe um abaulamento do lado esquerdo, e abaixo da banheira desse mesmo lado, no mesmo campo de força, o piso também foi tirado do alinhamento e parece a ponto de escorrer para o canto, não como um chão mas como uma poça móvel de água multicor. Tudo ali está em movimento, num movimento parado, em silêncio aquoso. Pode-se ouvir um gotejamento, uma ondulação, um suspiro à flor d'água. Um borrão de vermelho enferrujado na água, ao lado do ombro direito da banhista, pode ser ferrugem, ou sangue velho, até. A mão direita está pousada na coxa, capturada em pleno movimento de supinação, e penso nas mãos de Anna na mesa, naquele primeiro dia em que voltamos da visita ao sr Todd, suas mãos indefesas com as palmas para cima, como se suplicasse alguma coisa a alguém diante dela que não estava lá.

    Ela também, a minha Anna, quando ficou doente, adquiriu o costume de tomar longos banhos de banheira à tarde. Eles a acalmavam, dizia ela. Por todo o outono e todo o inverno daqueles doze meses de sua lenta demorada, ficamos encerrados em nossa casa junto ao mar, exatamente como Bonnard e sua Marthe em Le Bosquet. O tempo estava agradável e quase nunca virava, o verão aparentemente inabalável cedendo espaço a um final de ano de quietude enevoada que poderia pertencer a qualquer estação. Anna sempre temeu a chegada da primavera, o frenesi e o rumor intoleráveis, dizia ela, pela vida toda. Um silêncio profundo, de sonho, acumulava-se à nossa volta, macio e denso, como lodo. Ela ficava tão quieta, ali no banheiro do térreo, que às vezes eu me alarmava. Eu a imaginava escorregando sem som algum na enorme banheira de pés com garras até afundar o rosto na água e aspirar um longo e derradeiro hausto líquido. Eu descia as escadas e parava perto da porta do banheiro, sem produzir som algum, como que suspenso ali, como se fosse eu quem estivesse submerso, tentando desesperado captar algum som de vida através da porta. Em alguma câmara perversa e traiçoeira do meu coração, é claro, eu desejava que ela tivesse afundado, queria que tudo acabasse de uma vez, tanto por mim quanto por ela. Então eu ouvia um marulho suave da água quando ela se mexia, um som baixinho de água deslocada quando ela erguia uma das mãos para pegar o sabonete ou a toalha, dava meia-volta e voltava pé ante pé para o meu quarto, fechando a porta atrás de mim, sentando-me à mesa e pondo-me a contemplar o cinza luminoso do anoitecer, tentando não pensar em nada.

"Coitado de você, Max", disse-me ela um dia, "tendo de tomar cuidado com o que diz e ser bonzinho o tempo todo." Ela já estava na casa de repouso a essa altura, num quarto no fim da ala antiga com uma janela de canto que dava para um pedaço de gramado lindamente descuidado além de um agitado e, a meu ver, inquietante, trecho de bosque dominado por árvores altas de um verde quase preto. A primavera que ela tanto temia tinha chegado e passado, ela estivera doente demais para se incomodar com toda a agitação, e agora atravessávamos um verão pegajoso dominado pelo calor úmido, o último que ela haveria de ver.

"Que história é essa", perguntei, "de eu ter de ser bonzinho?" Ela dizia tantas coisas estranhas nesses dias, como se já estivesse em algum outro lugar, fora do meu alcance, onde até as palavras tivessem outros significados. Ela deslocou a cabeça no travesseiro e sorriu para mim. Seu rosto, reduzido praticamente só a osso, tinha assumido uma beleza assustadora. "Você não pode mais sentir nem um pouco de raiva de mim", disse ela, "como antes." Olhou por um instante para as árvores e depois tornou a se virar para mim, sorrindo de novo e dando tapinhas na minha mão. "Não fique com essa cara tão preocupada", disse ela. "Eu também ficava com raiva de você, um pouco. Éramos dois seres humanos, afinal." Àquela altura, o passado era o único tempo verbal que ela empregava.

"Quer ir ver seu quarto agora?" perguntou a srta Vavasour. Os últimos fragmentos de luz do sol entrando pela *bay window* à nossa frente despencavam como cacos de vidro de um edifício em chamas. O Coronel espanava aborrecido a frente de seu colete amarelo, onde deixara cair uma gota de chá. Parecia desconcertado. É provável que tenha dito alguma coisa para mim, que não lhe dei atenção. A srta Vavasour mostrou o caminho para o corredor. Eu temia esse momento, o momento em que teria de apossar-me da casa, revestir-me dela, por assim dizer, como se fosse algo que eu tivesse usado numa outra vida, uma vida anterior à Queda, como um chapéu retrô, por exemplo, um par de sapatos antiquados ou um terno de casamento cheirando a naftalina e não fechando mais na cintura, além de apertar debaixo dos braços, mas com todos os bolsos inchados de memórias. O corredor eu não reconheci de todo. É curto, estreito e mal iluminado; as paredes são divididas horizontalmente por um sulco ornado de contas, e a metade inferior é revestida de um papel de parede em relevo e depois pintado que parece ter cem anos de idade ou mais. Não me lembro de que houvesse um corredor ali. Achei que a porta da frente abria diretamente para — bem, não tenho certeza de onde eu achava que dava a porta da frente. Na cozinha? Enquanto eu avançava a passos lentos atrás da srta Vavasour, a mala na mão, como o assassino de bons modos em algum antigo filme de mistério em preto e branco, descobri que a planta da casa que eu tinha na cabeça, por mais que tentasse acomodar-se ao original, continuava a ir de encontro a uma obstinada resistência. Tudo estava ligeiramente fora de escala, todos os ângulos um pouco diferentes. A escada era mais íngreme, o patamar de chegada mais apertado, a janela do banheiro não dava para a rua, como eu achava, mas para trás da casa, na direção dos campos. Tive uma sensação quase de pânico à medida que o real, o real crasso e complacente, agarrava as coisas que eu julgava lembrar e as sacudia até assumirem a forma devida. Alguma coisa preciosa se dissolvia e se esvaía entre os meus dedos. Ainda assim, como foi fácil, no final, eu abrir mão. O passado, e estou falando do passado real, importa menos do que achamos. Quando a srta Vavasour me deixou no que a partir de agora passaria a ser o *meu quarto*, pendurei meu paletó numa cadeira e me sentei na beira da cama, aspirando com força o ar estagnado em que ninguém vivia desde muito antes, e senti como se tivesse viajado por um longo tempo, anos a fio, e agora tivesse finalmente chegado ao destino para o qual, sem saber, eu sempre havia rumado, e onde eu precisava ficar, pois era, por ora, o único lugar possível, o único refúgio possível, para mim.

Meu amigo tordo apareceu um instante atrás no jardim, e percebi de repente que foi ele que as sardas de Avril me lembraram, naquele dia do nosso encontro no pátio de Duignan. O pássaro, como sempre, pousa em seu terceiro poleiro na moita de azevinho e estuda a configuração da área com um olho truculento e cintilante como uma conta de vidro. Os tordos são uma espécie famosa pelo destemor, e este não parece dar a mínima quando Tiddles, da casa ao lado, vem rastejando em meio à relva alta, e até emite um som que parece um chilrear sardônico, arrepiando as asas e estufando o peito cor de laranja sanguínea, como que para demonstrar como poderia constituir uma presa apetitosa e nutritiva se os gatos soubessem voar. Vendo o passarinho ali pousado, lembrei-me na mesma hora, com uma pontada de dor exatamente do mesmo tamanho e tão singular quanto o próprio passarinho, do ninho que foi roubado do meio dos arbustos de tojo. Eu era um entusiasta das aves quando menino. Não do tipo que observa, nunca fui um observador, não tinha o menor interesse em localizar, rastrear e classificar, atividades que acho todas além do meu alcance, e que além disso teria achado chatíssimas; não, eu mal era capaz de distinguir as várias espécies, sabia pouco e me importava menos ainda com sua história ou seus hábitos. Mas sabia encontrar ninhos, era a minha especialidade. Era uma questão de paciência, atenção, rapidez do olhar e uma outra coisa, uma capacidade de me identificar com as criaturinhas cujas moradas eu queria localizar. Um sábio cujo nome esqueci no momento afirmou, rebatendo alguma outra coisa, que é impossível para um ser humano imaginar plenamente como seria ser um morcego. Concordo com ele no geral, mas acredito que eu poderia ter feito um relato razoável de como seria ser essa outra criatura quando eu era menino e ainda em parte eu próprio um animal.

Eu não era cruel, jamais matei um passarinho ou roubei seus ovos, isso nunca. O que me movia era a curiosidade, a paixão simples de descobrir uma parte do segredo de outras vidas, tão diversas da minha.

Uma coisa que sempre me impressionava era o contraste entre o ninho e o ovo, quero dizer, o caráter provisório do primeiro, por mais caprichosa ou até bela que fosse a sua construção, e a impressão de completude, de integridade intacta, do segundo. Mais que um início, um ovo é um fim absoluto. É a definição mesma da autocontenção. Eu detestava encontrar um ovo rachado, essa tragédia minúscula. No caso que me ocorre, devo ter sido eu que conduzi inadvertidamente alguém até o ninho. Ficava num aglomerado de arbustos de tojo numa faixa irregular de terra no meio de um campo aberto, e seria fácil acompanhar as visitas que eu vinha fazendo havia semanas, para acostumar a mãe que chocava seus ovos à minha presença. O que era, uma cotovia, um melro? Uma espécie maiorzinha, disso eu me lembro. Então, um dia, cheguei lá e os ovos tinham sumido. Dois tinham sido levados, e o terceiro estava espatifado no chão, debaixo da planta. Tudo que restava era uma mancha em que se misturavam a gema, a clara e uns poucos fragmentos da casca, cada um ainda salpicado de suas pintas castanhas. Não quero exagerar o que passei nesse momento, e tenho certeza de que eu era tão sentimentalmente desalmado quanto qualquer outro menino, mas ainda vejo o tojo, ainda sinto o aroma amanteigado de suas flores. E me lembro do matiz exato daquelas pintas castanhas, tão semelhantes às sardas nas faces pálidas de Avril e nas laterais do seu nariz. Trago a memória desse momento comigo há meio século, como o emblema de alguma coisa definitiva, preciosa e irrecuperável.

Anna debruçada de lado na cama de hospital, vomitando no chão, sua testa em fogo apoiada na minha palma, bojuda e frágil como um ovo de avestruz.

Estou no Strand Café com Chloe, depois do filme e daquele beijo memorável. Estamos sentados a uma mesa de plástico com nossa bebida favorita, um copo alto de refrigerante de laranja em que flutua uma bola de sorvete de baunilha. É notável a clareza com que, quando me concentro, ainda consigo ver-nos ali. É verdade, seria quase possível reviver a minha vida, se eu fosse capaz do esforço necessário de rememoração. Nossa mesa ficava ao lado da porta aberta, pela qual uma fatia larga de sol caía prostrada aos nossos pés. De tempos em tempos, uma brisa do mundo exterior entrava distraída, espalhando a areia fina pelo chão num sussurro, ou trazendo consigo um papel de bala que avançava, parava e tornava e avançar, produzindo um som arranhado. Quase não havia ninguém mais no café, alguns rapazes, ou melhor jovens, num canto ao fundo jogando cartas, e atrás do balcão a mulher do proprietário, mulher grande de cabelos cor de areia e não propriamente feia, o olhar perdido porta afora num sonho de olhos abertos. Usava um guarda-pó ou avental azul-claro, com uma orla branca de festão. Como ela se chamava? Como era mesmo. Não, não vou me lembrar — a memória prodigiosa da Memória só vai até certo ponto. Sra Strand, vamos supor, vou chamá-la de sra Strand, já que ela precisa de um nome. Ela tinha uma postura peculiar, disso eu me lembro bem, socada e quadrangular, um braço sardento estendido e um dos punhos apoiado, com os nós dos dedos para baixo, nas costas altas da caixa registradora. A mistura de sorvete e laranja nos nossos copos estava coberta de uma espuma descorada. Bebíamos através de canudos de papel, evitando o olhar um do outro num acesso de timidez renovada. Eu tinha uma sensação de acomodação geral, ampla e suave, como de um lençol que se desdobra e cai numa cama, ou de uma barraca que desaba e se apoia na almofada do ar que contém. O fato daquele beijo no escuro do cinema — estou tendendo a achar que tenha sido o nosso primeiro beijo, no fim das contas — erguia-se como um prodígio entre nós dois, inignoravelmente imenso. Chloe tinha a mais tênue sombra loura de um buço, e eu tinha sentido aquele toque de seda contra o meu lábio. Agora o meu copo estava quase vazio e eu temia que as últimas gotas do líquido do canudo fossem produzir seu embaraçoso estertor intestinal. Disfarçadamente, com as pálpebras baixas, olhei para as mãos de Chloe, uma pousada na mesa e a outra segurando o copo. Os dedos eram gordinhos até a primeira junta e, a partir de então, se afinavam na direção da ponta: as mãos da mãe dela, percebi. O rádio da sra Strand tocava alguma canção cuja melodia suave Chloe acompanhava distraída num murmúrio. As canções eram tão importantes naquele tempo, gemendo de desejo e saudade, a essência do que achávamos que fosse o amor. À noite, deitado na minha cama no chalé, as melodias me chegavam, um som atenuado e metálico que a brisa do mar me trazia dos salões de baile do Beach Hotel ou do Golf, e eu ficava imaginando os casais, as moças de permanente no cabelo usando azuis quebradiços e verdes ácidos, os rapazes de topete com os paletós esporte volumosos e sapatos de sola grossa e macia, girando lá na penumbra quente e empoeirada. *Ó querida amor luar sozinho beijos alma e coração!* E mais além de tudo isso, do lado de fora, longe dos olhos, a praia na escuridão, a areia na superfície fria mas ainda guardando por baixo o calor do dia, e as longas fileiras de ondas brancas quebrando na diagonal, de algum modo iluminadas por dentro, e por cima de tudo a noite, silenciosa, secreta e intensa.

"Esse filme era uma besteira", disse Chloe. Aproximou o rosto da borda do copo, a franja pendendo para a frente. Seus cabelos estavam claros como o sol no chão a seus pés... Mas não, está errado. Não pode ter sido no dia do beijo. Quando saímos do cinema anoitecia, tinha parado de chover, e agora estamos no meio da tarde, e daí a luz suave do sol, a brisa percorrendo o interior do café. E onde andaria Myles? Ele estava conosco no cinema, e assim aonde teria ido, ele que nunca saía do lado da irmã a menos que o expulsassem? Realmente, Dama Memória, retiro todos os meus elogios, se é mesmo a Memória quem está atuando aqui e não outra musa, mais volúvel. Chloe expirou pelo nariz. "Imagina se eles não iam saber que aquela salteadora era uma mulher."

Olhei novamente para as suas mãos. A que estava segurando o copo pelo alto tinha escorregado e agora rodeava a base, em que um ponto estrelado de pura luz branca continuava a arder, enquanto a outra, inclinando delicadamente o canudo na direção dos seus lábios entre o polegar e o indicador, lançava uma sombra pálida na mesa, na forma da cabeça de uma ave, com o bico e uma crista emplumada. Pensei novamente na mãe dela, e dessa vez senti uma breve picada aguda e ardente no peito, como se uma agulha aquecida tivesse encostado em meu coração. Terá sido uma pontada de culpa? Pois o que sentiria a sra Grace, o que diria, se pudesse me ver ali àquela mesa contemplando os matizes de malva que se sucediam no rosto de sua filha enquanto ela sugava o resto de seu *ice cream soda*? Mas eu não me importava, não no fundo, no fundo mais além da culpa e sentimentos da mesma ordem. O amor, como o chamamos, tem uma tendência caprichosa a transferir-se, por meio de implacáveis guinadas bruscas, de um objeto brilhante para outro mais brilhante, e nas menos apropriadas das circunstâncias. Quantas festas de casamento não terminaram com o noivo embriagado e dispéptico contemplando infeliz a esposa nova em folha que quica debaixo dele na cama *king size* da suite da lua de mel e vendo o rosto de sua melhor amiga, da irmã mais bonita ou mesmo, deus nos ajude, de sua mãe muito alegre?

Sim, eu estava me apaixonando por Chloe — já estava apaixonado, já tinha acontecido. Tinha aquela sensação de euforia ansiosa, de queda livre feliz, que aquele que sabe que o amor correrá por sua conta sempre sente, na vertigem do início. Porque mesmo ainda tão novo eu já sabia que sempre existe um que ama e um que é amado, e sabia bem qual dos dois, no caso, eu iria ser. Aquelas semanas com Chloe foram para mim uma série de humilhações mais ou menos extasiadas. Ela me aceitou como suplicante em seu santuário com uma complacência desconcertante. Em seus momentos de maior irritação ela mal se dignava a perceber minha presença, e mesmo quando me concedia toda a sua atenção havia sempre algo que faltava, um pingo de preocupação, de ausência. Essa vaguidão caprichosa me atormentava e enfurecia, mas pior ainda era a possibilidade de que pudesse nem ser de propósito. Que ela pudesse preferir me tratar com desdém eu era capaz de aceitar, até receber bem, de um modo que me proporcionava um prazer obscuro, mas a ideia de que houvesse intervalos em que eu me desbotava até a transparência a seus olhos, não, isso eu não podia tolerar. Muitas vezes, quando eu interrompia um desses seus silêncios ausentes, ela tinha um ligeiro sobressalto e lançava um rápido olhar em volta, para o teto ou um canto da sala, para qualquer objeto que não eu, à procura da fonte da voz que se dirigia a ela. Seria uma brincadeira cruel, ou seriam momentos de ausência genuína? Furioso além da conta, eu a segurava pelos ombros e a sacudia, exigindo que me visse e só a mim, mas seu corpo amolecia nas minhas mãos, seu olhar ficava estrábico e ela deixava a cabeça pender como a de uma boneca de pano, com um riso no fundo da garganta que lembrava insuportavelmente o de Myles, e quando eu a empurrava com violência para longe de mim com revolta ela desabava de volta na areia ou no sofá e ficava ali estendida com os membros largados, fingindo estar grotescamente, sorridentemente, morta.

E por que eu aturava seus caprichos, seus desmandos? Nunca fui de me acomodar com maus-tratos, e sempre fiz o possível para me vingar, mesmo de pessoas que amava, ou especialmente de pessoas que amava. Minha tolerância no caso de Chloe se devia, acredito, ao forte impulso protetor que ela me inspirava. Vou explicar porque acho interessante, penso que seja interessante. Um especial refinamento de tato delicado operava aqui. Como ela era a pessoa que escolhi, ou fui escolhido, para esbanjar o meu amor, ela precisava ser preservada com a máxima integridade possível, tanto espiritualmente quanto em suas ações. Era imperativo que eu a salvasse de si mesma e dos seus defeitos. E a tarefa cabia naturalmente a mim, pois os defeitos dela eram defeitos dela, e ninguém podia esperar que pudesse evitar os efeitos daninhos deles por sua própria vontade. E não só precisava ser salva desses defeitos e das consequências que tinham sobre o seu comportamento como ainda precisava ser totalmente preservada da consciência deles, até onde me fosse possível cultivar essa inocência. E não só de seus defeitos ativos. A ignorância, a incapacidade de compreensão, a complacência, tudo isso também precisava ficar encoberto, enquanto as manifestações desses defeitos eram negadas. O fato, por exemplo, de não saber que tinha sido a sucessora, em meus afetos, de sua mãe, logo dela, conferia a Chloe uma vulnerabilidade quase deplorável aos meus olhos. E o problema não era ela ter chegado depois ao meu afeto, mas sua ignorância desse fato. Se de algum modo ela viesse a descobrir o meu segredo, é provável que se desvalorizasse a seus próprios olhos, que se achasse uma idiota por não ter visto o que eu sentia pela mãe dela, e que pudesse até sentir-se inferior à mãe por ter sido a minha segunda escolha. E isso não podia acontecer.

    Caso possa parecer que me apresento aqui com uma benevolência excessiva, apresso-me a declarar que minha preocupação e meus cuidados quanto a Chloe e suas imperfeições não ocorriam apenas por ela. Seu amor-próprio era muito menos importante para mim que o meu, embora este último dependesse do primeiro. Se a ideia que ela fazia de si mesma ficasse maculada por dúvidas, pelo sentimento de ter sido idiota ou por falta de perspicácia, meus sentimentos por ela também se contaminariam. De maneira que não podia haver confrontos, acertos de contas brutais, revelação de verdades terríveis. Eu podia sacudi-la pelos ombros até seus ossos chacoalharem, atirá-la no chão contrariado, mas não podia dizer-lhe que tinha sido apaixonado por sua mãe antes dela, que ela cheirava a biscoito velho ou que Joe do Campo tinha notado que os dentes dela eram verdes. Enquanto eu caminhava humilde no encalço de sua silhueta insolente, meu olhar carinhoso e carinhosamente angustiado fixo na vírgula de cabelos louros de sua nuca ou nas rachaduras finíssimas da pele de porcelana do avesso dos seus joelhos, tinha a impressão de carregar dentro de mim um frasco contendo um material precioso e delicadamente combustível. Não, nada de movimentos bruscos. Nenhum.

E havia outro motivo para ela ser mantida inviolada, intocada por um excesso de autoconhecimento ou, na verdade, por um conhecimento muito aguçado de mim. Era a *diferença* dela. Em Chloe, eu tive a minha primeira experiência da absoluta alteridade das outras pessoas. E não é exagero dizer — bem, na verdade é, mas vou dizer de qualquer jeito — que em Chloe o mundo se manifestou pela primeira vez para mim como uma entidade objetiva. Nem meu pai e minha mãe, meus professores, as outras crianças, nem a própria Connie Grace, ninguém até então na minha vida tinha sido real como ela era. E se ela era real, eu também, de repente, também era. Ela foi, acredito, a verdadeira origem em mim da consciência de mim mesmo. Antes, existia uma coisa e eu era parte dela, agora havia eu e tudo que não era eu. Mas aqui também existe uma torção, uma dobra de complexidade. Separando-me do mundo e concedendo-me a consciência de mim mesmo assim separado, ela me expulsou daquela sensação de imanência de todas as coisas, essas coisas todas que antes me incluíam, em que até então eu tinha vivido, numa ignorância mais ou menos bem-aventurada. Antes eu vivia protegido, agora estava em campo aberto, ao ar livre, sem refúgio à vista. E não sabia que nunca mais voltaria para dentro, atravessando aquele portal cada vez mais estreito.

Eu jamais sabia em que pé estava com ela, ou que tipo de tratamento devia esperar da parte dela, e era esta, desconfio, uma grande parte da atração que eu sentia por ela, a tal ponto é quixotesca a natureza do amor. Um dia, enquanto caminhávamos na praia pela beira do mar procurando determinado tipo de concha cor-de-rosa de que ela precisava para um colar, ela parou de repente, virou-se e, ignorando os banhistas no mar e as famílias que faziam piqueniques na areia, agarrou-me pelo peito da camisa, puxou-me para junto dela e me beijou com tanta força que meu lábio superior ficou esmagado contra os meus dentes dianteiros e senti o gosto de sangue, e Myles, logo atrás, deu seu riso sufocado. Dali a um instante ela me empurrou, com imenso desdém, ao que me pareceu, e já caminhava adiante, o rosto franzido, o olho, como antes, correndo toda a linha da água onde a areia macia e compacta absorvia a espuma excedente de cada onda intrusa com um suspiro de sucção. Olhei em volta, ansioso. E se a minha mãe estivesse lá vendo tudo, ou a sra Grace, ou mesmo Rose? Mas Chloe parecia não se incomodar. Ainda me lembro da sensação granulada do momento em que a polpa macia de nossos lábios se viu prensada entre nossos dentes.

Ela gostava de lançar desafios, mas ficava aborrecida quando eram aceitos. Numa certa manhã de ar incrivelmente parado, ainda muito cedo, com nuvens de tempestade no horizonte ao longe e o mar liso e tomado por uma clara luminosidade cinzenta, eu estava de frente para ela com a água quase morna pela cintura, e a ponto de mergulhar para passar nadando entre suas pernas, se ela deixasse, o que às vezes deixava. "Vai logo, depressa", disse ela, apertando os olhos, "acabei de fazer xixi." Não tive como deixar de obedecer, pequeno aspirante a cavalheiro que era. Mas quando voltei à superfície ela disse que eu era nojento, esticou-se na água e afastou-se nadando lentamente.

Tendia a súbitas e desconcertantes explosões de violência. Estou pensando numa tarde chuvosa em que estávamos os dois sozinhos na sala de visitas de The Cedars. O ar da sala estava frio e úmido, e dominado pelo triste cheiro de dia de chuva, fuligem e cortinas de cretone. Chloe tinha acabado de sair da cozinha e cruzava a sala rumo à janela; eu me levantei e saí andando em sua direção, imagino que para tentar abraçá-la. Assim que me aproximei, ela parou, levantou a mão num arco rápido e curto, e me deu uma bofetada. O golpe foi tão súbito e completo que me pareceu a definição de alguma coisa singular e vital. Ouvi o eco do tapa voltar de algum canto do teto da sala. Ficamos um instante imóveis, eu com o rosto desviado, e ela deu um passo atrás, riu, depois estendeu o lábio inferior num amuo e continuou a seguir até a janela, onde pegou alguma coisa que ficou examinando com a testa franzida.

Houve um dia na praia em que ela resolveu atormentar um morador local. Era uma tarde cinza e tempestuosa, já perto do fim das férias, com sutis notas outonais já presentes no ar, e ela estava entediada e com uma disposição malévola. O morador local era um menino pálido e trêmulo vestindo um calção de banho preto e muito folgado, com o peito côncavo e mamilos inchados e descorados devido ao frio. Nós três o encurralamos abaixo de um dos blocos de concreto do quebra-mar. Ele era mais alto que os gêmeos, mas eu era mais alto ainda, e, desejoso de impressionar a minha namorada, dei-lhe um empurrão forte que o fez bater de costas no paredão coberto de limo verde. Chloe plantou-se diante dele e, com sua voz mais imperiosa, exigiu saber seu nome e o que ele estava fazendo ali. Ele olhou para ela com um espanto vagaroso, incapaz de entender, ao que parece, por que tinha sido atacado, ou o que queriam dele, o que obviamente nós três tampouco sabíamos. "E então?" gritou Chloe, com as mãos nos quadris e batendo com um dos pés na areia. Ele deu um sorriso incerto, mais com vergonha que com medo dela. Tinha vindo passar o dia, respondeu, num murmúrio, com a mãe dele, de trem. "Ah, quer dizer que veio com a sua mamãe?" perguntou Chloe em tom de desprezo, e como se ela tivesse feito um sinal Myles deu um passo à frente e deu-lhe um tapa forte no lado da cabeça, produzindo um som agudo e impressionantemente alto. "Está vendo?" continuou Chloe em tom agudo. "Isso é por você se meter a engraçadinho com a gente!" O menino local, que era um pobre cordeirinho muito lento, só fez um ar assustado, levantando a mão e apalpando o rosto como que para constatar o fato espantoso de ter sido esbofeteado. Houve um momento eletrizante de silêncio em que qualquer coisa podia ter acontecido. O menino local só deu de ombros com uma espécie de resignação triste e se afastou arrastando os pés, ainda com uma das mãos no queixo, e Chloe virou-se desafiadora para mim mas não disse nada, enquanto Myles se limitava a rir.

O que guardei do incidente não foi o olhar de Chloe nem o desprezo de Myles, mas o olhar que o menino local me lançou no final, antes de se virar para ir embora desconsolado. Ele me conhecia, sabia que eu também era um menino da área, como ele, por mais que eu tentasse passar por outra coisa. Se naquele olhar houvesse a pecha de traição, de raiva de mim por eu me alinhar a gente de fora contra ele, qualquer coisa assim, eu não me incomodaria, e na verdade me sentiria gratificado, ainda que tocado de vergonha. Não, o que me perturbou foi a expressão de aceitação que havia em seus olhos, a ausência ovina de surpresa ante a minha perfídia. Tive o impulso de correr atrás dele e pôr a mão em seu ombro, não para pedir desculpas ou tentar me explicar por ter ajudado a humilhá-lo, mas para obrigá-lo a olhar novamente para mim, ou melhor, fazê-lo retirar aquele outro olhar, desmenti-lo, apagar de seus olhos o registro daquela expressão. Pois achei intolerável a ideia de que ele soubesse quem eu era, como dava a impressão de saber. Melhor do que eu próprio me conhecia. Pior.

    Jamais gostei de ser fotografado, mas me desgostava especialmente ser fotografado por Anna. É estranho dizer isso, eu sei, mas quando ela se postava atrás da câmera ela parecia uma cega, alguma coisa em seus olhos morria, uma luz essencial se extinguia. Ela dava a impressão não de estar olhando através da lente, na direção de quem fotografava, mas de estar olhando para dentro, à procura de alguma perspectiva que a definisse, algum ponto de vista essencial. Ela mantinha a câmera bem na horizontal na altura dos olhos, lançava sua cabeça de rapinante para um dos lados e olhava por um segundo, sem visão, pode-se dizer, como se os traços da pessoa estivessem gravados numa forma de braille que ela sabia ler à distância; quando ela apertava o disparador parecia que era o de menos, apenas um gesto para aplacar o aparelho. Nos primeiros tempos que passamos juntos, fiz a tolice de deixá-la me convencer a posar para ela mais de uma vez; os resultados foram de uma crueza chocante, chocantemente reveladores. Nessa meia dúzia de fotos de cabeça e ombros em preto e branco que ela tirou de mim — e tirar é a palavra justa — eu me senti mais aridamente exposto que me sentiria totalmente pelado num estudo mais extenso. Eu era jovem, agradável e não de todo feio — estou sendo modesto — mas nessas fotos eu pareço um homúnculo crescido. Não que ela me tenha feito parecer feio ou deformado. Todos que viram as fotos disseram que elas me favoreciam. Mas não me senti nada favorecido, longe disso. Nelas, pareço ter sido agarrado e imobilizado quando estava prestes a fugir, ao som de *Pega ladrão!* Minha expressão era invariavelmente cativante e agradável, a expressão de um malfeitor que teme ser acusado de um crime que sabe ter cometido mas de que não se lembra direito, mas ainda assim preocupado em preparar sua justificativa e uma apresentação das atenuantes. Que sorriso de desespero suplicante, o meu, um esgar, na verdade um esgar. Ela apontou a câmera para um jovem de fisionomia fresca, mas os retratos que produziu parecem as fotos da ficha policial de um vigarista veterano. Exposto, é isso, também é a palavra.

    Era o dom que ela possuía, o olho desencantado, produtor de desencanto. Lembro-me das fotos que ela tirou no hospital, no fim, no começo do fim, quando ainda estava em tratamento e tinha força suficiente para se levantar da cama sem ajuda. Mandou que Claire procurasse a sua câmera, fazia anos que não a usava. Esse projeto de retorno a uma antiga obsessão provocou em mim um mau presságio forte mas inexplicável. Também achei perturbador, embora novamente não saiba dizer exatamente por quê, o fato de ela ter pedido a Claire, e não a mim, que procurasse a câmera, e o acordo tácito entre elas, além disso, de não me deixar saber de nada. O que significavam, todo esse segredo e essa mixórdia? Claire, retornada havia pouco de seus estudos no estrangeiro — França, Países Baixos, Vaublin, aquilo tudo — ficou chocada ao encontrar a mãe tão doente, e furiosa comigo, claro, por não tê-la convocado antes. Não lhe contei que era Anna quem não a queria em casa. O que também era estranho, porque no passado elas sempre tinham sido próximas, essas duas. Eu ficava com ciúmes? Sim, um pouco, na verdade até mais, para falar a verdade. Tenho plena consciência do que eu esperava, do que espero, da minha filha, e do egoísmo patético dessas expectativas. Muito é exigido dos rebentos do diletante. Ela irá chegar aonde não cheguei, e se tornará uma grande erudita, no que depender de mim, e em parte depende. Sua mãe lhe deixou algum dinheiro, mas não que baste. Sou eu a galinha gorda, mas cobro caro pelos ovos de ouro.

 Foi por acaso que surpreendi Claire contrabandeando a câmera para fora de casa. Ela tentou passar com ela como se não fosse nada, mas Claire não é boa em fazer de conta que alguma coisa não é nada. Não que ela soubesse, assim como eu não sabia, por que motivo era necessário tanto segredo. Anna sempre teve um modo tortuoso de realizar até as coisas mais simples, uma influência persistente do seu pai e da vida de golpes que levaram nos primeiros tempos, acho eu. Ela tinha um lado infantil. Quero dizer que era voluntariosa, dada a segredos, e ficava profundamente magoada com a menor interferência ou objeção. Eu posso falar, porque sei bem. Acho que deve ser porque nós dois fomos filhos únicos. Soou estranho. Quero dizer que tanto ela quanto eu fomos o único filho de nossos pais. Soou estranho também. Será que eu dava a impressão de reprovar suas tentativas de se tornar artista, se é que bater fotos pode ser considerado arte? Na verdade, eu dava tão pouca atenção às fotos dela, que não tinha nenhum motivo para achar que eu teria tomado a sua câmera. É tudo muito enigmático.

De qualquer maneira, um ou dois dias depois que surpreendi Claire com a câmera, fui convocado pelo hospital para que me comunicassem em tom severo que minha mulher vinha tirando fotos de outros pacientes, e que isso provocava queixas. Enrubesci em nome de Anna, de pé diante da mesa da enfermeira-chefe e me sentindo como um escolar encaminhado à diretora para responder pelos malfeitos de um colega. Parece que Anna andava circulando pelas várias alas do hospital, descalça, vestindo a camisola branca que o próprio hospital lhe fornecera, empurrando seu suporte de soro de rodinhas — que chamava de seu "criado-mudo" — à caça dos mais profundamente marcados e mutilados dentre os demais pacientes, junto a cujas cabeceiras ela estacionava o suporte de soro e sacava sua Leica, fotografando até ser encontrada por alguma das enfermeiras e mandada de volta para o seu quarto.

"Disseram quem reclamou?" perguntou-me ela cismada. "Não os pacientes, só os familiares, e quem disse que eles entendem alguma coisa?"

Ela me fez levar o filme para ser revelado por seu amigo Serge. Seu amigo Serge, que em algum ponto do passado bem pode ter sido mais que um amigo, é um sujeito corpulento que puxa de uma perna e tem uma vasta cabeleira negra que costuma afastar da testa com um gracioso gesto amplo das duas mãos. Tem um estúdio no último andar de uma dessas velhas casas altas e estreitas da Shade Street, junto ao rio. É fotógrafo de moda, e dorme com suas modelos. Alega ser refugiado de algum lugar, e fala com um sotaque sibilante que as garotas acham supostamente irresistível. Não usa sobrenome, e mesmo Serge, ao que eu saiba, pode ser um *nom d'appareil*. É o tipo da pessoa que costumávamos conhecer, Anna e eu, nos velhos tempos, na época ainda novos. Não tenho ideia de como eu o tolerava; nada como uma calamidade para tornar evidente o quanto era ordinário e fraudulento o nosso mundo, o nosso mundo de antes.

 Parece haver alguma coisa em mim que Serge acha irresistivelmente engraçada. Ele emite sem parar uma torrente de piadinhas sem graça, que hão de ser apenas um pretexto para que ele possa rir à vontade sem dar a impressão de estar rindo de mim. Quando passei lá para buscar as ampliações, ele deu início a uma busca por elas em meio à desordem pitoresca de seu estúdio — e eu não me surpreenderia se fosse uma desordem planejada, como a de uma vitrine — deslocando-se com agilidade em seus pés exageradamente afetados, apesar de um violento desvio para a esquerda a cada dois passos. Sorvia o café numa xícara aparentemente sem fundo, e falava comigo por cima do ombro. O café é outra de suas marcas registradas, junto com o cabelo, a manqueira e as camisas folgadas *à la* Tolstói que costuma usar. "E como vai a linda Annie?" perguntou ele. Lançou-me um olhar de lado e caiu na risada. Ele sempre foi o único a chamá-la de Annie; e tento ignorar a ideia de que isso possa ser o antigo tratamento amoroso que usava com ela. Eu não lhe falara da doença dela — por que deveria falar? Ele revirava o caos na imensa mesa de jantar que usa como mesa de trabalho. O cheiro avinagrado do fluido revelador de seu quarto escuro ardia em minhas narinas e nos meus olhos. "*Alguma notícia de Annie*", gorjeou para si mesmo, como se fosse um refrão, e soltou outra risada asfixiada nas narinas. Imaginei-me disparando com um grito, levantando o sujeito pela gola junto à janela e jogando-o de cabeça para baixo no calçamento de pedra da rua. Ele soltou um grunhido de triunfo e me exibiu um envelope grosso de papel pardo, mas quando estendi a mão para pegá-lo não me entregou, olhando-me com olhos especulativos, divertindo-se com a cabeça de lado. "Essas coisas que ela está tirando são fotos incríveis", disse ele, pesando o envelope numa das mãos e sacudindo a outra com seus gestos estudados de natural da Mitteleuropa. Através de uma claraboia acima da nossa cabeça, o sol do verão brilhava direto na mesa de trabalho, fazendo as folhas espalhadas de papel fotográfico arderem com um quente brilho branco. Serge sacudiu a cabeça e assobiou em silêncio através dos lábios franzidos. "Incríveis!"

No seu leito de hospital, Anna estendeu a mão ansiosa com os dedos infantilmente espalhados, e arrancou o envelope das minhas mãos sem uma palavra. Fazia calor e a umidade era intensa no quarto, e ela exibia uma fina película cinzenta e reluzente de suor na testa e acima do lábio superior. Seus cabelos tinham recomeçado a crescer, sem muito viço, como se soubessem que não seriam necessários por muito tempo; brotavam aos magotes, negros e lustrosos e de aparência oleosa, como o pelo lambido de um gato. Sentei-me na beira da cama e fiquei olhando enquanto ela rasgava impaciente com as unhas a aba colada do envelope. O que torna os quartos de hospital tão sedutores, apesar de tudo que neles acontece? Não se parecem com quartos de hotel. Os quartos de hotel, mesmo os mais luxuosos, são anônimos; não há nada neles que se importe com o hóspede, nem a cama, nem o frigobar e nem mesmo o aparelho de passar calças, de pé com tanta deferência, em posição de sentido, de costas para a parede. A despeito de todos os esforços de arquitetos, decoradores e gerentes, os quartos de hotel estão sempre impacientes por nos ver partir; os quartos de hospital, ao contrário, e sem que ninguém precise fazer nada, existem para nos fazerem ficar, conformados com essa permanência. Têm uma sugestão tranquilizadora de quarto de criança, a pintura creme das paredes, os pisos emborrachados, a pia diminuta num canto com sua toalhinha pendendo de uma barra debaixo dela, e a cama, claro, com suas engrenagens e alavancas, que parece o berço complicado de uma criança pequena, onde é possível dormir e sonhar, e ser vigiado, e cuidado, e nunca, em tempo algum, morrer. E me pergunto se poderia me hospedar num quarto de hospital e trabalhar nele, até mesmo morar nele. O conforto havia de ser formidável. O despertar animado pela manhã, as refeições servidas com uma férrea regularidade, a cama feita e bem esticada como um envelope branco, e toda uma equipe médica a postos para lidar com qualquer emergência. Sim, eu poderia viver bem num hospital, numa dessas celas brancas, minha janela gradeada, não, gradeada não, estou me perdendo, minha janela dando para a cidade, as chaminés, as ruas movimentadas, as casas curvadas, e todas as figuras diminutas em sua faina interminável, de um lado para o outro.

Anna espalhou as fotos à sua volta na cama e olhou uma por uma com avidez, os olhos brilhantes, olhos que àquela altura pareciam imensos, presos diretamente ao arcabouço do crânio. A primeira surpresa foi que ela tinha usado filme colorido, pois sempre dera preferência ao preto e branco. Depois, as fotos propriamente ditas. Podiam ter sido tiradas num hospital de campanha durante a guerra, ou numa enfermaria de emergência numa cidade ocupada e devastada. Havia um senhor de idade com uma das pernas cortadas logo abaixo do joelho, a linha grossa de suturas atravessando o toco reluzente como o protótipo de um fecho-ecler. Uma mulher obesa de meia-idade tinha perdido um dos seios, e a carne da área de onde ele tinha sido removido estava toda pregueada e irritada como uma gigantesca órbita vazia. Uma mãe sorridente de seios grandes e camisola rendada exibia um bebê hidrocéfalo com uma expressão de espanto em seus olhos arregalados de lontra. Os dedos artríticos de uma velha fotografados em *close-up* eram nodosos e retorcidos como raízes de gengibre. Um menino com uma úlcera escavada no rosto, intrincada como uma mandala, sorria para a câmera, as duas mãos erguidas com os dois polegares para cima, a língua grossa descaradamente para fora. Havia uma foto tirada de cima para baixo de uma bandeja de metal contendo glóbulos e tiras de carne escura e úmida inidentificável — seriam restos da cozinha, ou da sala de operações?

O que mais me impressionou nas pessoas retratadas foi a maneira calma e sorridente como exibiam suas lesões, suas costuras, suas pústulas. Lembro-me especialmente de um retrato grande e à primeira vista formal, em tons bem contrastantes de encarnados, roxos e cinzentos reluzentes de plástico, tirado de baixo da direção do pé da cama, de uma senhora velha e gorda de cabelos desgrenhados com as pernas flácidas e riscadas de veias azuis erguidas e os joelhos bem separados, exibindo o que imaginei ser um prolapso de útero. O enquadramento era tão impressionante e cuidadosamente composto quanto o frontispício de um dos livros proféticos de Blake. O espaço central, um triângulo invertido limitado de dois lados pelas pernas levantadas da mulher e do alto pela bainha de sua camisola branca bem esticada entre os dois joelhos, podia ser uma folha de pergaminho em branco à espera de alguma inscrição indignada, anunciando talvez o pretenso nascimento da coisa rosada e de um roxo-escuro que já se projetava de seu ventre. Acima desse triângulo, a cabeça de Medusa da mulher parecia, por um efeito sutil de perspectiva, ter sido cortada, puxada para a frente e disposta no mesmo plano que seus joelhos, seu pescoço submetido a um corte reto e limpo agora equilibrado na linha reta da bainha da camisola que formava a base invertida do triângulo. Apesar da posição em que se encontrava, o rosto estava perfeitamente à vontade, e ela podia até estar sorrindo, com um ar de desprezo bem-humorado, certa satisfação e, sim, um orgulho bem claro. Lembro-me de ter caminhado pela rua com Anna um dia, depois de todo o seu cabelo ter caído, e que ela localizou, na calçada oposta, uma mulher também careca. Não sei se Anna me surpreendeu surpreendendo o olhar que elas trocaram, as duas, vazio de expressão mas ao mesmo tempo astuto, matreiro e cúmplice. Em todos aqueles infindáveis doze meses de sua doença, acho que nunca me senti mais distante dela do que naquele momento, excluído por aquela irmandade entre enfermas.

"E então?" disse ela agora, com os olhos fixos nas fotos e nem se dando ao trabalho de me fitar. "O que você acha?"

Ela nem queria saber o que eu achava. A essa altura, já tinha superado totalmente tanto a mim quanto minhas opiniões.

"Você vai mostrar essas fotos a Claire?" perguntei. Por que terá sido essa a primeira coisa que me passou pela cabeça?

Ela fez de conta que não tinha ouvido, ou talvez não estivesse prestando atenção. Uma campainha soava em algum lugar do hospital, como uma dor fina e insistente que se tornasse audível.

"Elas são o meu dossiê", disse ela. "A minha acusação."

"A sua acusação?" repeti indefeso, sentindo um pânico obscuro. "Do quê?"

Ela deu de ombros.

"Ah, de tudo", respondeu ela em tom suave. "Tudo."

Chloe, a crueldade dela. A praia. O mergulho à meia-noite. A sandália que ela perdeu, naquela noite à porta do salão de baile, o sapato de Cinderela. Tudo acabado. Tudo perdido. Não importa. Cansado, cansado e bêbado. Não importa.

A tempestade tinha acabado. Havia durado a noite inteira e ainda até o meio da manhã, uma coisa fora do comum, sem igual, nessas zonas temperadas, em matéria de violência e duração. Eu me regalei desavergonhadamente, sentado na minha cama adornada como num estrado fúnebre, se é essa a palavra que eu quero, o quarto invadido por clarões à minha volta e o céu corcoveando com fúria, querendo rebentar seus ossos. Até que enfim, pensei, até que enfim os elementos manifestam magnificência à altura do meu tumulto interior! Senti-me transfigurado, senti-me como um dos semideuses de Wagner, pousado numa nuvem carregada e regendo os acordes tonitruantes, a percussão dos címbalos celestes. Nessa disposição de euforia histriônica, fervilhando de vapores de conhaque e estática, passei em revista minha situação a uma luz nova e crepitante. Quer dizer, minha situação geral. Sempre tive a convicção, resistente a toda racionalidade, de que em algum momento inespecífico do futuro a permanente temporada de ensaios que é a minha vida, com todos os seus muitos erros de leitura, suas falas esquecidas e trocadas, chegará a termo e o verdadeiro drama para o qual venho me preparando com tamanho afinco desde sempre finalmente há de começar. Trata-se de uma ilusão comum, eu sei, que todo mundo cultiva. Ainda assim, na noite passada, no meio daquela exibição espetacular de arrogância valhalliana, eu me perguntei se o momento da minha estreia não estaria iminente, o momento da minha entrada em cena, por assim dizer. Não sei como seria, essa irrupção dramática no meio da ação, ou o que exatamente se pode esperar que aconteça no palco. Ainda assim, antecipo algum tipo de apoteose, algum clímax grandioso. Não estou falando aqui de uma transfiguração póstuma. Não cogito da possibilidade de uma vida após a morte, ou de qualquer divindade capaz de proporcioná-la. Tendo em vista o mundo que ele criou, seria uma heresia contra Deus acreditar em sua existência. Não, o que eu almejo é um momento de expressão terrena. É isso, exatamente isso: conseguirei me ver expresso, totalmente. Ressoarei no ar como um nobre discurso de encerramento. Numa palavra, serei *dito*. E não foi sempre meu objetivo, não é sempre, na verdade, o objetivo secreto de todos nós, deixar de ser carne e se ver inteiramente transformado na trama leve de um espírito inatingível pelo sofrimento? Cabrum, bam, crash, as próprias paredes estão tremendo.

    A propósito: a cama, a minha cama. A srta Vavasour insiste em afirmar que sempre foi da casa. O casal Grace, a mãe e o pai, seria a cama deles, seria onde dormiam, essa mesma cama? Que ideia, não sei o que fazer com ela. Parar de pensar nela, eis o que seria melhor; isto é, menos perturbador.

Mais uma semana encerrada. Como o tempo passa depressa à medida que a estação avança, a terra percorrendo veloz o seu sulco rumo ao declive do arco final do ano. A despeito da clemência constante do clima, o Coronel já sente a chegada do inverno. Tem estado enfermo ultimamente, e pegou o que chama de um resfriado dos rins. Digo a ele que era uma das queixas da minha mãe — *na verdade, uma de suas favoritas*, deixo de acrescentar — mas ele me lança um olhar estranho e acha que devo estar zombando dele, talvez, como talvez eu esteja. Mas afinal, o que é um resfriado dos rins? Mamãe não era mais específica a respeito que o Coronel, e nem mesmo o *Dicionário médico* sugere qualquer esclarecimento. Talvez ele queira me fazer crer que seja este o motivo de seus constantes deslocamentos de pés arrastados até o banheiro, tanto de dia quanto de noite, e não a coisa mais séria de que suspeito. "Não estou no melhor da forma", diz ele, "sem dúvida alguma." Agora ele tem aparecido de cachecol na hora das refeições. Remexe desalentado a comida no prato e recebe a mais tímida tentativa de leviandade com um olhar carregado de mágoa que em seguida baixa cansado, ao acompanhamento de um suspiro abafado que é quase um gemido. Já descrevi seu fascinante nariz cromático? Muda de cor conforme a hora do dia e à menor variação do clima, de um lavanda-claro a um púrpura imperial mais carregado, passando pela cor de vinho. Será o rinofima, eu me pergunto de repente, será a famosa "floração alcoólica" de que fala o dr Thomson? A srta Vavasour recebe as queixas do Coronel com ceticismo, e entorta o rosto na minha direção quando ele não está olhando. Acho que ele vem perdendo o ímpeto em suas tentativas de corte. Vestindo seu colete amarelo, o último botão sempre caprichosamente aberto e as pontas das abas laterais ladeando sua pequena pança bem nítida, ele parece tão concentrado e circunspecto quanto um macho de plumagem extravagante de uma dessas espécies de aves, pavão ou faisão, que assedia glorioso a fêmea de uma certa distância, desesperado por atenção mas simulando indiferença, enquanto a fêmea sem graça continua a ciscar a terra à procura de vermes. A srta V. descarta as atenções laboriosamente recatadas do Coronel com uma mescla de irritação e constrangimento alvoroçado. Imagino, pelos olhares magoados que o Coronel lhe lança, ter havido um momento em que ela lhe deu algum motivo de esperança, imediatamente removido de sob seus pés quando apareci para testemunhar essa insensatez, e que agora ela sinta raiva de si mesma, ansiando por convencer-se de que aquilo que ele pode ter confundido com encorajamento não passava na verdade de uma amostra da cortesia profissional de uma dona de pensão.

Muitas vezes sem saber eu próprio o que fazer com o meu tempo, venho compilando a agenda de um dia típico do

Coronel. Ele acorda cedo, pois dorme mal, sugerindo a nós por silêncios expressivos, encolhendo os ombros com os lábios apertados, um estoque de pesadelos de campo de batalha que impediria um narcoléptico de dormir, embora eu tenda a achar que as más lembranças que o assolam foram recolhidas não nas colônias distantes mas em algum lugar mais próximo de casa, como por exemplo estradas de terra secundárias e salpicadas de crateras que cortam South Armagh. O café da manhã ele toma sozinho, numa mesinha no nicho da lareira na cozinha — não, eu não me lembrava de lareira nenhuma, muito menos de nicho —, achando a solidão o modo preferido para consumir o que define com frequência e em tom pomposo como *a refeição mais importante do dia*. A srta Vavasour acha bom não perturbá-lo, e serve seus ovos com *bacon* e morcela entregue a um silêncio sardônico. O Coronel mantém um estoque próprio de condimentos, frascos sem rótulo contendo preparados de cor marrom, vermelha e verde-escura, que aplica à sua comida com o pormenorizado senso de medida de um alquimista. Há também uma pasta que ele próprio prepara e que chama de "grude", uma pasta gelatinosa de cor cáqui envolvendo enchovas, *curry*, bastante pimenta e outros ingredientes não identificados; o preparado cheira, curiosamente, a cachorro. "Dá uma ótima limpeza nas vísceras", diz ele. Demorei algum tempo para entender que essas vísceras de que ele fala tantas vezes, embora nunca na presença da srta V., são o estômago e seus anexos. Ele está sempre atento ao estado das próprias vísceras.

Depois do café da manhã vem o exercício matinal, feito com qualquer tempo, descendo a Station Road e seguindo a Cliff Walk até depois do Pier Head Bar e depois voltando pelo caminho mais longo que contorna as casinhas junto ao farol e o Gem, onde ele faz uma pausa para comprar o jornal da manhã e um pacote de pastilhas de hortelã extraforte que passa o dia inteiro chupando, e cujo cheiro levemente enjoativo toma conta de toda a casa. Caminha com um passo rápido e ereto que decerto pretende fazer passar por porte militar, embora na primeira manhã em que o vi se preparando eu tenha percebido surpreso como a cada passo ele faz seu pé esquerdo percorrer uma curva fechada, exatamente como costumava fazer meu finado pai. Na primeira semana, ou nas duas primeiras, da minha estada ele sempre trazia dessas marchas alguma lembrança para a srta Vavasour, nada de muito especial, sem nenhuma frescura, só uma seleta de folhas vermelhas ou um broto verde, nada que não pudesse ser apresentado como um mero item de interesse hortícola, que depunha sem nada dizer na mesa da entrada, ao lado das luvas de jardinagem que ela usava e de seu pesado molho com as chaves da casa. Agora ele tem voltado de mãos vazias, salvo pelo jornal e suas pastilhas de hortelã. O que se deve a mim: minha chegada deu cabo do ritual dos ramalhetes.

O jornal consome o que resta de sua manhã, e ele o lê da primeira à última página, coletando cada informação, sem deixar passar nenhuma. Senta-se ao lado da lareira na sala de estar, onde o relógio na prateleira tem um tique-taque hesitante e geriátrico e faz uma pausa a cada meia hora e nos dois outros quartos para emitir um único toque de carrilhão vacilante e desafinado, mas à hora certa sempre guarda o que parece ser um silêncio vingativo. Tem sua poltrona, seu cinzeiro de vidro para o cachimbo, sua caixa de fósforos Swan Vestas, seu banquinho para os pés, seu suporte para o jornal. Será que repara nos brônzeos raios de sol que entram pelos quadrados de vidro da *bay window*, no ramo ressecado de hortênsias azuis e de um castanho delicadamente sanguíneo que ocupam a grade onde até hoje a lareira ainda não precisou ser acesa a esta altura do ano? Será que percebe que o mundo sobre o qual lê no jornal não é mais o mundo que conhecia? Hoje em dia, talvez, todas as suas energias, como as minhas, se dedicam ao esforço de não perceber. Já o surpreendi persignando-se furtivamente quando o toque do sino do ângelus chega até nós vindo da igreja de pedra da Strand Road.

  Na hora do almoço, o Coronel e eu precisamos nos virar, pois a srta Vavasour se refugia em seu quarto todo dia entre meio-dia e três, para dormir, ou ler, ou trabalhar em suas memórias, nada me surpreenderia. O Coronel é um ruminante. Senta-se à mesa da cozinha em mangas de camisa e com um arcaico pulôver sem mangas, mastigando interminavelmente bocados de um sanduíche malfeito — fatia de queijo ou carne fria entre duas fatias grossas de pão besuntadas com seu preparado gelatinoso, ou com a mostarda mais picante da Colman's, ou às vezes os dois quando ele julga estar precisando de um estímulo extra — e tenta algumas manobras de conversa comigo, como um comandante de campo especialmente astuto à procura de alguma brecha nas defesas inimigas. Atém-se a temas neutros, o clima, certames esportivos, as corridas de cavalos embora me garanta não ser dado a apostas. Apesar do acanhamento, sua carência é patente: ele tem o mesmo pavor das tardes, essas horas vazias, que eu tenho das noites insones. Não consegue chegar a uma conclusão a meu respeito, queria saber o que exatamente estou fazendo aqui, quando podia estar em qualquer outro lugar, acredita ele. Quem, tendo recursos para ir morar no sul mais quente — "O sol não tem igual para as dores e desconfortos", opina o Coronel —, preferiria vir viver seu luto ali em The Cedars? Nunca lhe falei dos tempos antigos nesta casa, da família Grace, disso tudo. Não que isso tudo seja uma explicação. Eu me levanto da mesa — "o trabalho", digo em tom solene — e ele me lança um olhar de desespero. Até minha companhia indesejada é preferível a seu quarto e ao rádio.

Uma referência ocasional à minha filha desperta uma reação animada. Ele também tem uma filha, casada, com um par de pequenas, como diz. Eles virão visitá-lo qualquer dia, a filha, seu marido, o engenheiro, e as meninas, que têm sete e três anos. Tenho uma premonição de fotografias e de fato a carteira deixa um dos bolsos traseiros e instantâneos me são mostrados, uma jovem rija com uma fisionomia insatisfeita e sem nenhuma semelhança com o Coronel, ao lado de uma garotinha num vestido de festa que, infelizmente, tem. O genro, sorrindo numa praia com um bebê nos braços, é inesperadamente bonito, um tipo sulista de ombros largos com cabelos lustrosos e olhos rodeados de sombra — como terá a retraída srta Blunden pescado um homem tão másculo? Outras vidas, outras vidas. De repente, de algum modo, tudo se torna excessivo para mim, a filha do Coronel, o marido, suas filhas, e devolvo as fotos às pressas, abanando a cabeça. "Ah, desculpe, desculpe", diz o Coronel, pigarreando de embaraço. Ele acha que toda essa conversa de família desperta associações dolorosas em mim, mas não é isso, ou pelo menos não só isso. Atualmente preciso me defrontar com o mundo em pequenas doses muito bem medidas, é uma espécie de tratamento homeopático, embora eu não saiba ao certo qual condição estará sendo tratada. Talvez eu esteja aprendendo a viver de novo em meio a gente viva. Quer dizer, treinando. Mas não, não é isso. Estar aqui é só um modo de não estar em parte alguma.

A srta Vavasour, tão assídua em outras áreas dos cuidados que tem conosco, mostra-se volúvel, para não dizer descuidada, não só quanto ao almoço como a refeições em geral, e especialmente o jantar em The Cedars pode ser uma refeição imprevisível. Qualquer coisa pode ser servida, e é. Hoje à noite, por exemplo, ela nos serviu peixe defumado com ovos *pochés* e repolho cozido. O Coronel, farejando a comida, recorreu ostensivamente a turnos alternados de seus frascos de condimentos, lembrando um operador do jogo das três cascas de noz. A esses protestos mudos que ele faz, a resposta invariável da srta Vavasour é um ar de indiferença aristocrática que beira o desdém. Depois dos peixes vieram peras em calda encaixadas numa substância granulada e morna de cor cinzenta que, se me assistem as memórias da infância, creio ter sido semolina. Semolina, pelo amor de Deus. Enquanto avançávamos no consumo desse grude, apenas com o tinir dos talheres para interromper o silêncio, tive uma imagem repentina de mim mesmo, uma coisa grande e simiesca de pelagem escura instalada ali à mesa, ou não uma coisa mas antes coisa alguma, uma lacuna no aposento, uma ausência palpável, uma escuridão visível. Foi muito estranho. Eu via a cena como se estivesse fora do meu corpo, a sala de jantar mal iluminada por duas lâmpadas comuns, a mesa feia com as pernas em espiral, a srta Vavasour perdida em seus pensamentos e o Coronel debruçado em seu prato e revelando um dos lados de sua dentadura superior quando mastigava, e eu aquela forma escura e indistinta, como a figura que ninguém na sessão espírita viu antes de o daguerreótipo ser revelado. Acho que estou me transformando no meu próprio fantasma.

Depois do jantar a srta Vavasour tira a mesa com alguns gestos largos e elegantes — ela é na verdade boa demais para esse tipo de tarefa comezinha — enquanto o Coronel e eu ficamos sentados num desconforto vago, ouvindo nossos organismos fazerem seu melhor para dar conta dos insultos que acabam de lhes ser servidos. Em seguida, a srta V., com gestos majestosos, nos conduz até a sala de televisão, um aposento triste e mal iluminado com uma atmosfera de algum modo subterrânea, sempre úmida e fria. Os móveis também têm uma aparência ínfera, como coisas que tivessem ido parar ali depois de anos em algum lugar mais claro na superfície. Um sofá forrado de chintz se esparrama como que estupefato, seus dois braços muito abertos e suas almofadas murchas. Há uma poltrona de forro quadriculado e uma mesinha de três pernas com uma planta empoeirada num vaso que, acredito, é uma genuína aspidistra, coisa que não vejo desde nem sei quando, se é que já tinha visto na vida. O piano de armário da srta Vavasour, com a tampa fechada, ergue-se encostado na parede do fundo como que ressentido com sua rival mais animada do outro lado, uma Panoramic Pixilate cinza-metálico, cor de canhão, que sua proprietária encara com uma mescla de orgulho e um receio um tanto encabulado. Nesse aparelho assistimos a programas cômicos, dando preferência aos mais leves, reprises de vinte ou trinta anos atrás. Ficamos sentados em silêncio, enquanto a plateia enlatada ri em nosso lugar. As bruxuleantes luzes coloridas da tela se espalham por nosso rosto. Ficamos absorvidos, desligados como crianças. Hoje à noite havia um programa sobre algum lugar da África, a planície do Serengeti, eu acho, e suas imensas manadas de elefantes. Que animais impressionantes, certamente um laço direto com uma era anterior ao nosso tempo, quando bestas gigantescas ainda maiores rugiam e rasgavam florestas e pântanos. Seu comportamento é tristonho mas ainda assim eles parecem divertir-se às escondidas, aparentemente às nossas custas. Avançam placidamente em fila indiana, a ponta da tromba de um delicadamente enroscada em torno da risível cauda curta do primo que segue à sua frente. Os novinhos, mais peludos que os adultos, trotam felizes entre as pernas das mães. Se quiséssemos encontrar entre as demais criaturas, pelo menos as terrestres, o nosso oposto perfeito, não precisaríamos ir além dos elefantes. Como deixamos que sobrevivessem tanto? Aqueles olhinhos tristes e sábios parecem nos incitar a passar a mão num rifle de caça. Isso mesmo, um tiro bem neles, ou numa daquelas absurdas orelhas de abano. Isso mesmo, isso mesmo, é o caso de exterminar todas essas bestas, desgalhar sem dó a árvore da vida até só deixar um cotoco de tronco, depois pegar o machado e atacá-lo também. Acabar com tudo de uma vez.

 Sua puta, sua puta de merda, como é que tem coragem de ir embora e me deixar aqui assim, me debatendo com a minha própria vileza, sem ninguém além de mim mesmo para me salvar. *Como é que tem coragem.*

 Falando da sala de TV, percebo de repente, e não imagino como não me ocorreu antes, de tão óbvio que é, que ela me lembra, que a casa inteira me lembra, aliás, e que deve ser esse o verdadeiro motivo de eu ter vindo me esconder aqui, os quartos de pensão em que minha mãe e eu moramos, fomos obrigados a morar, ao longo da minha adolescência. Depois da partida do meu pai, ela foi obrigada a trabalhar para nos sustentar e pagar os meus estudos, se é que merecem o nome. Mudamo-nos para a cidade, ela e eu, onde ela julgava que iria encontrar mais oportunidades. Não tinha ofício, deixara a escola cedo e trabalhara por algum tempo como caixeira antes de conhecer meu pai e se casar com ele para se ver livre da família, mas ainda assim estava convencida de que em algum lugar a posição ideal estava à sua espera, o melhor dos empregos, o lugar que ela e só ela poderia preencher mas, enlouquecedoramente, jamais conseguia encontrar. E assim seguia de emprego em emprego, de pensão em pensão, chegando às novas, ao que tudo indica, sempre em alguma tarde chuvosa de um domingo de inverno. Eram todos parecidos, esses quartos de pensão, pelo menos na memória que guardo deles. Havia uma cadeira de braços mas com um braço quebrado, o linóleo esburacado no piso, a fornalha atarracada a gás entocada em seu canto e cheirando à fritura dos jantares do inquilino anterior. O banheiro ficava no corredor, com o assento de madeira lascado e uma comprida mancha castanha de ferrugem atrás da privada, e o anel de puxar a descarga havia sumido da corrente. O cheiro no corredor lembrava o do meu hálito quando eu o emitia várias vezes nas mãos em concha para descobrir como seria morrer sufocado. A superfície da mesa à qual comíamos era sempre grudenta, por mais que ela a esfregasse. Depois do chá, ela tirava a louça e abria o *Evening Mail* na mesa à luz baça de uma lâmpada de sessenta watts, correndo as colunas de classificados de emprego com um grampo de cabelo na mão, produzindo uma marca ao lado de cada anúncio e murmurando aborrecida em voz muito baixa. "Experiência prévia essencial... pedimos referências... diploma universitário... Ora!"

Em seguida o baralho ensebado, os fósforos divididos em duas pilhas iguais, o cinzeiro de lata transbordando de pontas de cigarro, o chocolate quente para mim e o xerez de cozinha para ela. Jogávamos mico, Gin Rummy, copas. Depois disso, era preciso desdobrar o sofá, esticar o lençol azedo que o forrava e prender o cobertor em algum lugar do teto para formar uma cortina ao lado da cama dela e lhe dar alguma privacidade. Eu ficava deitado, atento em minha raiva impotente para seus suspiros, seus roncos, o ganido espremido dos gases que ela deixava escapar. A cada duas noites, ao que parece, eu acordava e a ouvia chorando, um dedo dobrado apertando a boca e o rosto enterrado no travesseiro. Meu pai quase nunca era mencionado entre nós, salvo quando atrasava a ordem de pagamento mensal. Ela não conseguia pronunciar seu nome; ele era o Grande Cavalheiro, ou Sua Senhoria, ou, quando ela estava num dos seus ataques de fúria ou tinha tomado um xerez a mais, Phil, o Flautista, ou mesmo o Flautista da Bunda Grande. A raiva era porque ele agora tinha obtido algum sucesso, *lá*, um sucesso que se recusava cruelmente a compartilhar conosco, como devia e como ela e eu merecíamos. Os envelopes com as ordens de pagamento — nunca uma carta, só um cartão no Natal ou no meu aniversário, exibindo a caligrafia elaborada de que ele se orgulhava tanto — traziam o carimbo de lugares que ainda hoje, quando vou *lá* e os vejo nomeados na sinalização das estradas que o trabalho dele ajudou a construir, provocam em mim uma confusão de sentimentos que inclui uma espécie de tristeza pegajosa, além de raiva ou dos abalos que a sucedem, e uma curiosa nostalgia que é como uma saudade, a saudade de um lugar onde nunca estive. Watford. Coventry. Stoke. Ele também deve ter conhecido seus quartos encardidos, o fogão a gás, os cheiros no corredor. E então chegou a última carta, de uma mulher desconhecida — Maureen Strange, o nome dela? — anunciando *a notícia muito triste que preciso lhes contar*. As lágrimas amargas da minha mãe foram tanto de raiva quanto de dor. "Quem é essa", gritava ela, "essa *Maureen*?" Uma única folha de caderno pautada de azul tremia em sua mão. "Maldito seja ele", disse ela através dos dentes cerrados, "maldito seja de qualquer maneira, o canalha!" Na minha cabeça eu o vi por um instante, no chalé, de todos os lugares possíveis, à noite, virando-se na porta aberta à luz densa e amarela do lampião de querosene e me lançando um olhar estranhamente intrigado, quase sorridente, uma mancha de luz do lampião brilhando em sua testa e atrás dele, do outro lado da porta, a escuridão aveludada e sem fundo da noite de verão.

E a última coisa, quando as estações de TV estão a ponto de mergulhar em sua programação inaceitavelmente lúgubre da madrugada, o aparelho é desligado com firmeza e a srta Vavasour prepara uma taça de chá de ervas para o Coronel. Ele me disse que detesta a tisana — "nem uma palavra, por favor!"— mas não se atreve a recusar. A srta Vavasour permanece a seu lado enquanto ele toma o chá. Insiste em dizer que irá ajudá-lo a dormir; ele está melancolicamente convencido do contrário, mas ainda assim não protesta, e esvazia a taça com uma expressão de condenado. Uma noite eu o convenci a ir comigo até o Pier Head Bar para um último trago, mas foi um erro. Ele ficou ansioso na minha companhia — do que nem me queixo, já que eu também fico — e passou o tempo remexendo no cachimbo e revirando seu copo de cerveja escura, e levantando sub-repticiamente o punho da camisa para ver as horas no relógio.

Os poucos presentes nos olhavam com desconforto, e logo fomos embora, caminhando de volta até The Cedars em silêncio debaixo de um gigantesco céu estrelado de outubro, com a lua em voo e nuvens em frangalhos. Quase toda noite eu bebia até dormir, ou tentava, com meia dúzia de copinhos da garrafa de litro do bom conhaque Napoleon que eu guardava no quarto. Talvez eu pudesse oferecer uma dose ao Coronel, mas acho que não. A ideia de conversar com ele madrugada adentro sobre a vida e tudo o mais não me atrai nem um pouco. A noite é longa, minha paciência, breve.

Já falei dos meus hábitos de bebida? Eu bebo como um peixe. Não, como um peixe não, os peixes não bebem, é só a maneira que eles têm de respirar. Eu bebo como um viúvo — um enviuvado? — recente, homem de pouco talento e menos ambição ainda, encanecido pelos anos, inseguro, sem rumo, carecendo de consolo e do alívio passageiro do esquecimento que a bebida induz. Eu tomaria drogas, se tivesse, mas não tenho, e não sei como poderia arranjar aqui. Duvido que exista algum traficante em Ballyless. Talvez Pecker Devereux pudesse me ajudar. Pecker é um sujeito assustador, todo ombros e peito redondo, com um rosto largo marcado pelos elementos e os braços arqueados de um gorila. Seu rosto descomunal é todo esburacado por uma acne ou uma varíola ancestral, cada cavidade preenchida por seu respectivo ponto de reluzente sujidade preta. Foi marinheiro de longo curso, e dizem que matou um homem. Tem um pomar, e mora num *trailer* sem rodas debaixo das árvores com sua mulher, que parece um lebréu magricela. Vende maçãs e, por baixo dos panos, uma bebida turva e sulfurosa de fabricação doméstica feita com frutas caídas do pé que deixa todos os jovens da aldeia loucos nas noites de sábado. Por que estou falando dele assim? O que Pecker Devereux significa para mim? Nesta região, seu nome é pronunciado *Devrecks*, com o *x* sonoro. Não consigo parar. Como jorra descontrolado o pensamento imprudente.

Nosso dia de hoje ficou mais leve, se podemos dizer assim, graças à visita da amiga da srta Vavasour apelidada Bun, "Pão Doce", que veio compartilhar conosco o almoço de domingo. Deparei-me com ela ao meio-dia na sala de visitas, transbordando de uma poltrona de vime perto da *bay window*, refestelada como que em total desamparo e ofegando ligeiramente. O espaço onde se sentou estava riscado pela luz enfumaçada do sol, e num primeiro momento eu quase não consegui distingui-la, embora na verdade ela seja tão impossível de ignorar quanto a falecida Rainha de Tonga. É uma pessoa imensa, de idade indeterminada. Usava um vestido de *tweed* cor de saco com um cinto apertado no meio, o que dava a impressão de que tinha sido inflada quase até rebentar no busto e nos quadris, e suas curtas e roliças pernas plantavam-se à sua frente como duas gigantescas rolhas de cortiça emergindo de seu baixo ventre. Um rostinho suave, exibindo traços delicados e um brilho cor-de-rosa, brota do imenso pudim claro da sua cabeça, restos fósseis, prodigiosamente preservados, da garota que ela um dia foi, muito tempo atrás. Seus cabelos cor de cinza e prata foram submetidos a um penteado fora de moda, repartidos no meio e puxados num coque. Ela me endereçou um sorriso e acenou com a cabeça para me cumprimentar, as pelancas empoadas sacudindo. Eu não sabia quem era, e achei que devia ser uma nova hóspede — a srta Vavasour tem meia dúzia de quartos vazios disponíveis nessa época fora de temporada. Quando ela se levantou num impulso, a cadeira de vime deu um gemido de alívio triunfal. Mas a verdade é que Bun tem dimensões monumentais. Imaginei que, se a fivela do seu cinto caísse e o cinto se soltasse, o seu tronco assumiria uma forma perfeitamente esférica com a cabeça no alto como uma cereja em cima de um, bem, de um pão doce. Ficava claro, no olhar que me endereçou, de simpatia combinada a um interesse intenso, que ela tinha conhecimento de quem eu era e tinha sido posta a par de meu lastimável estado. Ela me disse o seu sobrenome, de ressonâncias majestosas, com um hífen, mas eu o esqueci de imediato. Sua mão era miúda, macia, úmida e morna, uma mão de bebê. E foi então que o coronel Blunden entrou na sala, com os jornais de domingo debaixo do braço, olhou para ela e franziu a testa. Quando ele franze a testa desse jeito, o branco amarelado de seus olhos parece escurecer e seus lábios assumem a forma quadrada, grosseira e projetada da boca de uma arma de fogo.

Entre as consequências mais ou menos alarmantes da perda está a sensação envergonhada que tenho de me comportar como um impostor. Desde que Anna morreu, em toda parte cuidam de mim, abrem alas para mim, fazem de mim objeto de consideração especial. Um silêncio me cerca em meio às pessoas que sabem da minha perda, e não tenho como deixar de observar também, por minha vez, um silêncio solene e pensativo, que em pouco tempo me deixa indócil. Esse tratamento começou já no cemitério, se não antes ainda. Com quanta ternura me encaravam do outro lado da sepultura aberta, e com quanta gentil firmeza seguraram meu braço ao final da cerimônia, como se eu corresse o risco de desmaiar e cair eu também de cabeça na cova.

Cheguei a ter a impressão de detectar algum impulso especulativo na calidez com que algumas mulheres me abraçavam, na maneira demorada como apertavam a minha mão, olhavam nos meus olhos e abanavam a cabeça numa comiseração sem palavras, com aquela fixidez dissolvida de expressão que as antigas atrizes trágicas ostentavam na cena final quando o herói em desespero entrava trôpego em cena com o corpo da heroína nos braços. Senti a tentação de levantar uma das mãos e dizer a essas pessoas que na verdade eu não merecia tanta reverência, pois reverência era o que parecia, que tinha sido um mero circunstante, um ínfimo coadjuvante, enquanto Anna é que tinha vivido a morte. Por todo o almoço, Bun fez questão de se dirigir a mim num tom de terno cuidado e muda admiração, e por mais que eu tentasse não fui capaz de modular, em resposta, um tom que não soasse indômito embora discreto. A srta Vavasour, pude ver, achava essa efusão cada vez mais irritante, e fez inúmeras tentativas de promover uma atmosfera menos introspectiva e mais animada em torno da mesa, sempre em vão. O Coronel não colaborava, embora tenha tentado, interrompendo o fluxo incessante de solicitude que jorrava de Bun com boletins meteorológicos e tópicos dos jornais do dia, mas todas suas tentativas foram repelidas. Ele não era páreo para Bun. Exibindo suas dentaduras manchadas num assustador festival de sorrisos e caretas, o Coronel parecia uma hiena balançando a cabeça e recuando ante o avanço implacável de um hipopótamo.

    Bun mora na cidade grande, num apartamento em cima de uma loja, em circunstâncias que, fez questão de me transmitir, estão muito aquém do que merece uma pessoa como ela, filha de aristocratas hifenados. Lembra uma dessas virgens vigorosas de eras passadas, a irmã governanta de um clérigo solteirão ou, talvez, de um proprietário rural viúvo. Ao ouvi-la persistir em seus gorjeios, comecei a imaginá-la usando bombazina preta, seja lá isso o que for, com botinas de abotoar, majestosamente sentada em degraus de granito diante de uma ampla porta de entrada, no meio de várias camadas de criados de olhos míopes; e a imaginei, nêmesis da raposa, usando trajes de caça cor-de-rosa e chapéu-coco com um véu, equilibrada no dorso corcoveante de um grande corcel negro em pleno galope; ou numa ampla cozinha com um fogão imenso, mesa de madeira esfregada e presuntos pendentes, dando instruções detalhadas à leal cozinheira sobre os cortes de carne que devia servir no jantar anual do Patrão, em comemoração à abertura da temporada anual de caça à perdiz. Entregue a essas inofensivas distrações, não percebi a disputa que se desenvolvia entre ela e a srta Vavasour até a porfia já ter avançado bastante, e não tenho ideia de como pode ter começado, ou em torno do quê. As duas manchas de cor geralmente atenuadas nos malares da srta Vavasour ardiam muito intensas, enquanto Bun, que parecia inchar adquirindo proporções ainda maiores devido aos efeitos pneumáticos de uma indignação crescente, permanecia sentada olhando para a amiga do outro lado da mesa com um sorriso fixo de sapo, respirando em haustos curtos e arquejantes. Conversavam num tom de cortesia vingativa, esbarrando uma na outra como uma parelha mal escolhida de cavalos de tiro. *A verdade é que não consigo ver como você pode dizer... E isso por acaso quer dizer que você...? A questão não é que eu tenha... A questão é que você... Bom, já isso é.... Absolutamente não se trata de... Desculpe muito, mas sem dúvida se trata sim!* O Coronel, cada vez mais alarmado, olhava perdido de uma para a outra e de volta para a primeira, os olhos revirando nas órbitas, como se assistisse um jogo de tênis que, começando da maneira mais amistosa, de uma hora para a outra se convertesse num duelo sangrento de vida ou morte.

    Se perguntassem meu palpite, eu diria que a srta Vavasour sairia vitoriosa dessa disputa, mas não foi o que aconteceu. Ela não lutava com toda a força das armas de que sei que dispõe. Alguma coisa, percebi, a continha, alguma coisa que Bun percebia com toda a clareza e que reforçava com todo seu peso considerável de maneira a assegurar sua nítida vantagem. Embora no calor da discussão dessem a impressão de que se tinham esquecido do Coronel e de mim, aos poucos fui tendo clareza de que travavam aquela disputa em boa parte por minha causa, para me impressionar e tentar conquistar minha simpatia à exclusão da rival. Era algo que se percebia na maneira como os olhinhos pretos e ávidos de Bun cintilavam na minha direção, enquanto a srta Vavasour se recusava a me dirigir o olhar uma vez que fosse. Bun, comecei a perceber, era muito mais dissimulada e astuta do que julguei de início. Temos a tendência de imaginar que as pessoas que são gordas também sejam estúpidas. Aquela pessoa gorda, contudo, tinha me avaliado e, estou convencido, percebido claramente quem eu era, com todos os detalhes essenciais. E o que terá visto? Na minha vida, nunca me incomodei de ser sustentado por uma mulher rica, ou remediada. Nasci para ser um diletante, tudo que me faltava eram os meios, até que encontrei Anna. E nem me preocupo especialmente com a proveniência do dinheiro de Anna, que antes foi de Charlie Weiss e hoje é meu, ou com a quantidade de qual tipo de equipamento pesado Charlie precisou comprar e vender para ganhá-lo. O que é o dinheiro, no fim das contas? Quase nada, quando a pessoa o tem em quantidade suficiente. Então por que eu me incomodaria assim com esse escrutínio velado mas sagaz e irresistível?

Mas convenhamos, Max. Convenhamos. Não vou negar que sempre tive vergonha da minha origem, e que ainda hoje basta um olhar penetrante ou uma palavra condescendente de alguém como Bun para me fazer tremer intimamente de indignação e ardido ressentimento. Desde o início eu estava decidido a melhorar de vida. O que eu esperava de Chloe Grace além de me ver no mesmo nível da posição social superior da sua família, por mais brevemente que fosse, e ao grau de aproximação que conseguisse atingir? Era difícil, escalar aquelas escarpas olímpicas. Sentado àquela mesa com Bun, recapitulei com um estremecimento ligeiro mas irresistível outro almoço de domingo, em The Cedars, meio século antes. Quem teria me convidado? Certamente não foi Chloe. Talvez tenha sido a mãe dela, quando eu ainda era seu admirador e ela achava divertido ver-me sentado sem palavras à sua mesa. Eu estava muito nervoso, francamente aterrorizado. Havia coisas na mesa que eu nunca tinha visto antes, frascos de formato estranho, molheiras e outras peças de porcelana, um apoio de prata para a faca de fatiar a carne, um grande garfo de duas pontas com cabo de osso e uma alavanca de segurança que podia ser acionada para fazer a carne desprender-se. A cada prato que chegava eu ficava esperando para ver quais talheres os outros iriam pegar antes de arriscar a minha escolha. Alguém me passou uma tigela de molho de hortelã e eu não sabia o que fazer com ele — molho de hortelã! De tempos em tempos, do outro lado da mesa, Carlo Grace, mastigando com energia, pousava em mim um olhar animado. Como era a vida no chalé, ele queria saber. Como é que cozinhávamos? Um fogareiro a querosene, respondi, um Primus. "Ah!" exclamou ele. "Primus *inter pares*!" E como riu, e Myles também, e até os lábios de Rose se contorceram, embora ninguém além dele, imagino, tenha entendido a tirada, e Chloe fez um ar contrariado, não pela zombaria deles, mas pela minha triste sorte.

Anna era incapaz de condescendência com as minhas sensibilidades nessa área, tendo sido produzida por uma classe sem classe. Achava minha mãe encantadora — temível, melhor dizendo, incansável e impiedosa, mas com tudo isso, a seu modo, um encanto. Minha mãe, nem preciso dizer, não correspondia a esse caloroso apreço. As duas não estiveram juntas mais do que duas ou três vezes, sempre a meu ver com resultados desastrosos. Mamãe não compareceu ao nosso casamento — vou admitir: não a convidei — e morreu não muito tempo depois, mais ou menos à mesma época que Charlie Weiss. "Como se tivessem decidido nos libertar, os dois de uma vez", disse Anna. Não concordei com essa interpretação benévola, mas tampouco disse algo em resposta. Foi um dia no hospital, em que de repente ela começou a falar da minha mãe, sem nenhum motivo que eu tenha percebido; as figuras do passado distante sempre retornam perto do fim, cobrando o que lhes é devido. Era um dia de manhã, depois de uma noite de tempestade, e tudo do lado de fora da janela do quarto do fim do corredor parecia despenteado e meio zonzo, o jardim em desalinho forrado por uma queda generalizada de folhas caducas e as árvores ainda oscilantes, como beberrões de ressaca. Num dos pulsos, Anna trazia uma pulseira de plástico, e no outro um aparelho parecido com um relógio de pulso, com um botão que, apertado, liberava uma dose de morfina em sua corrente sanguínea já altamente poluída. A primeira vez que fomos fazer-lhe uma visita em casa — *em casa*, eis-me de volta: o mundo me dá um empurrão, e eu desabo — minha mãe quase não dirigiu a palavra a Anna. Ela estava morando num apartamento alugado ao lado do canal, um conjunto de aposentos impregnados com o cheiro dos gatos da dona do imóvel. Tínhamos trazido para ela, de presente, cigarros comprados no *duty free* e uma garrafa de xerez, que ela aceitou fungando. E disse que esperava que não estivéssemos contando que fosse nos hospedar. Ficamos num hotel barato ali perto, onde a água do banho era marrom e a bolsa de Anna foi roubada. Levamos Mamãe ao zoológico. Ela riu dos babuínos, maldosamente, comentando que eles a lembravam alguém, eu, é claro. Um deles se masturbava, com um ar curiosamente langoroso, olhando por cima do ombro. "Coisa suja", disse minha mãe em tom definitivo, e deu-lhe as costas.

Tomamos chá no café do zoológico, onde o trombetear dos elefantes se misturava ao clamor da multidão de visitantes do feriado. Mamãe fumava seus cigarros livres de impostos, esmagando cada um deles com gestos exagerados ao fim de três ou quatro tragadas, para me mostrar em que conta tinha minhas oferendas de paz.

"Por que ela chama você de Max?" perguntou-me ela num sussurro quando Anna foi até o balcão buscar-lhe um *scone*. "Você não se chama Max."

"Agora eu me chamo", respondi. "Você nunca leu as coisas que eu lhe mandei, as coisas que eu escrevi, com o meu nome impresso?"

Ela respondeu, como tantas vezes, dando montanhosamente de ombros.

"Achei que tinham sido escritas por outra pessoa."

Ela era capaz de demonstrar sua raiva só com a maneira de se sentar, o corpo obliquamente de lado na cadeira, com as costas retas, as mãos em garra segurando a bolsa no colo, seu chapéu, na forma de um brioche e adornado com um trecho de véu preto em torno da copa, inclinado sobre seus descuidados cachos grisalhos. Seu queixo também ostentava uma leve penugem prateada. Ela correu um olhar de desdém à sua volta.

"Ah", disse ela, "esse lugar. Bem que você gostaria de me deixar aqui de vez, instalada na jaula dos macacos e alimentada de bananas."

Anna voltou com o *scone*, que Mamãe examinou com um ar de zombaria.

"Não era isso que eu queria", disse ela. "Eu não pedi nada disso."

"Mamãe", comecei.

"Não me venha com essa história de *mamãe*."

Mas quando nos despedimos ela chorou, recuando para abrigar-se por trás da porta aberta do apartamento, erguendo o antebraço para esconder os olhos, como uma criança, furiosa consigo mesma. Morreu no inverno seguinte, sentada num banco junto ao canal numa tarde atipicamente amena de um dia do meio da semana. *Angina pectoris*, ninguém sabia. Os pombos ainda se agitavam entre as migalhas de pão que ela lhes tinha atirado no passeio quando um vagabundo se instalou ao lado dela e lhe ofereceu um gole da garrafa que trazia num saco de papel pardo, sem perceber que estava morta.

"Estranho", disse Anna. "Estar aqui, assim, e de repente não mais."

Suspirou, e olhou para as árvores do lado de fora. Elas a deixavam fascinada, aquelas árvores, sempre queria sair do quarto e ir andar no meio delas, ouvir o sopro do vento em seus ramos. Mas sair do quarto, para ela, nunca mais. "Ter estado aqui, assim", disse ela.

Alguém falava comigo. Era Bun. Quanto tempo eu teria passado distante, percorrendo a câmara de horrores da minha mente? O almoço tinha acabado, e Bun se despedia. Quando ela sorri, seu rostinho pequeno fica menor ainda, todo franzido em torno do botão minúsculo do seu nariz. Pela janela, eu via as nuvens se avolumando, embora um sol molhado já baixo no ocidente ainda emitisse um clarão de luz a partir de uma tira pálida de céu verde-claro. Por um segundo, tive novamente aquela imagem de mim mesmo, grande e curvado na minha cadeira, com o beiço rosado pendente e as mãos enormes pousadas inermes à minha frente na mesa, um grande símio, cativo, tranquilizado e de olhos opacos. Há ocasiões, que ocorrem com frequência cada vez maior ultimamente, em que tenho a impressão de não saber nada, e de que tudo que eu já soube teria caído da minha mente como uma pancada de chuva, e por um momento sou tomado por uma paralisia desalentada à espera de que tudo me retorne, mas sem a menor certeza de que isso vá mesmo ocorrer. Bun recolhia suas coisas, preparando-se para o esforço considerável de desencaixar aquelas pernas volumosas de baixo da mesa e pôr-se de pé. A srta Vavasour já se levantara e mantinha-se nas proximidades dos ombros da amiga — grandes e redondos como bolas de boliche — impaciente para vê-la partir logo mas tentando não dar sinal do que sentia. O Coronel estava postado do outro lado de Bun, inclinado para a frente num ângulo desgracioso e esboçando gestos vagos no ar com as mãos, como um carregador numa mudança tentando encontrar a melhor postura para ajudar a erguer um móvel pesado de forma especialmente canhestra.

"Bem!" disse Bun, desferindo uma batida na mesa com os nós dos dedos, e ergueu os olhos brilhantes primeiro para a srta Vavasour e depois para o Coronel, o que fez os dois acercarem-se mais um passo, como se de fato pudessem estar a ponto de agarrar os cotovelos da mulher a fim de ajudá-la a pôr-se de pé.

Saímos ao encontro da luz cor de cobre do entardecer de fim de outono. Fortes rajadas de vento varriam a Station Road, agitando o topo das árvores e provocando o voo de folhas mortas pelo céu. As gralhas crocitavam em voz áspera. O ano está quase acabado. Por que ainda acredito que alguma coisa nova virá substituí-lo, além de um número no calendário? O automóvel de Bun, um ágil carrinho vermelho, lustroso como uma joaninha, estava estacionado no cascalho por dentro do portão. Seu molejo reclamou quando Bun inseriu-se de costas no banco do motorista, empurrando primeiro para dentro seu traseiro descomunal e depois levantando as pernas e desabando pesadamente de costas, com um grunhido, no assento forrado de pele de tigre falsa. O Coronel abriu o portão para ela, postou-se no meio da rua e orientou sua manobra de saída com gestos largos e dramáticos dos braços. Cheiros de fumaça de descarga, do mar, da decomposição outonal em curso no jardim. Breve desolação. Não sei de nada, nada, velho símio que sou. Bun buzinou alegremente e acenou, seu rosto franzido sorrindo para nós através do vidro, e a srta Vavasour acenou de volta, sem alegria alguma, e o carro saiu adernado pela rua, atravessando a ponte sobre os trilhos do trem antes de desaparecer.

"Esta não vai longe", disse o Coronel, esfregando as mãos e tomando o rumo da casa.

A srta Vavasour suspirou.

Não haveria jantar, depois de um almoço que tinha durado tanto e sido tão abundante. A srta V. ainda estava agitada, pude perceber, devido àquela troca áspera de palavras com a amiga. Quando o Coronel entrou na cozinha atrás dela, tentando garantir pelo menos um chá vespertino, ela se mostrou muito ríspida com ele, que bateu em retirada para o seu quarto e a transmissão de um jogo de futebol pelo rádio. Eu também me retirei, para a sala de visitas, com meu livro — Bonnard visto por Bell, monótono como água estagnada — mas não conseguia ler, e fechei o livro. A visita de Bun tinha afetado o equilíbrio delicado daquela casa, e uma espécie de som mudo de campainha tomava conta da atmosfera, como se alguém tivesse tropeçado num arame fino esticado que acionava um alarme e este não parasse de vibrar. Sentei-me na área avançada da *bay window* e fiquei vendo a noite cair. As árvores desfolhadas do outro lado da rua erguiam-se negras contra os últimos bruxuleios do sol poente, e as gralhas de um bando roufenho voavam em círculo e ensaiavam mergulhos, disputando o melhor poleiro para a noite. Eu pensava em Anna. Eu me obrigo a pensar nela, como exercício. Ela segue alojada em mim como uma faca e ainda assim comecei a esquecê-la. A imagem dela que tenho na mente está puída, e grãos de pigmento, flocos de folha de ouro, já se desprendem. Será que um dia a tela toda ficará em branco? Percebi com o tempo como era pouco o que sabia dela, ou melhor, como era raso e inepto esse meu conhecimento. Não me sinto culpado por isso. Talvez devesse. Terei sido preguiçoso demais, desatento demais, autocentrado demais? Sim para todas as perguntas, mas ainda assim não consigo achar que deva me sentir culpado, por esse esquecimento, por nunca tê-la conhecido como devia. Prefiro pensar que eu tinha um excesso de expectativa, em matéria de conhecimento. Conheço tão pouco sobre mim mesmo, como achar que poderia conhecer direito outra pessoa?

Mas não, esperem, não é assim. Estou sendo insincero — para variar, dizem vocês, sim, isso mesmo. A verdade é que não queríamos nos conhecer um ao outro. Mais ainda, o que nós queríamos era exatamente não conhecer um ao outro. Eu já disse em algum lugar — e não tenho tempo agora de voltar e procurar onde, emaranhado que estou na complexidade desse pensamento — que o que encontrei em Anna desde o início foi um modo de concretizar a fantasia de mim mesmo. Eu não sabia exatamente o que eu quis dizer com isso, mas pensando agora um pouco melhor de repente entendo. Se é que entendo mesmo. Vou tentar explicar melhor, o que não me falta é tempo, essas noites de domingo são intermináveis.

Desde que me entendo por gente, eu sempre quis ser outra pessoa. A injunção *nosce te ipsum* já deixou um gosto de cinza em minha língua desde a primeira vez que um professor me mandou repetir as palavras da fórmula. Eu me conhecia, bem até demais, e não gostava do que conhecia. E mais uma vez preciso qualificar melhor. Não era do que eu era que eu desgostava, ou melhor, da minha pessoa singular, essencial — embora eu deva admitir que a mera ideia de uma identidade essencial e singular já é problemática —, mas do amontoado de afetos, inclinações, ideias recebidas, tiques de classe, que meu nascimento e minha formação me tinham legado à guisa de personalidade.

Em vez de uma personalidade. Nunca tive personalidade, não como os outros têm, ou acham que têm. Sempre fui distintamente um ninguém, cujo desejo mais ardoroso era tornar-se um alguém indistinto. Sei do que estou falando. Anna, eu vi de imediato, seria o instrumento da minha transmutação. Ela era o espelho de parque de diversões em que todas as minhas deformações seriam corrigidas. "Por que não ser quem você é?", ela me perguntava nos nossos primeiros tempos juntos — *ser quem você é*, vejam bem, e não *conhecer a si mesmo* — compadecida de minhas tentativas desajeitadas de entender o vasto mundo. *Seja quem você é!* O que significava, claro, *Seja quem você quiser*. Foi este o pacto que fizemos, que dispensaríamos um ao outro do fardo de sermos as pessoas que todos diziam que éramos. Ou pelo menos ela me dispensou desse fardo, mas o que eu terei feito por ela? Talvez eu não deva incluí-la nesse ímpeto de desconhecimento, talvez fosse eu o único a desejar a ignorância.

A questão com que me vejo às voltas hoje, de qualquer maneira, é precisamente a do conhecimento. Quem, senão nós mesmos, éramos nós afinal? Está bem, vamos deixar Anna fora disso. Quem, senão eu mesmo, era eu? Os filósofos nos dizem que somos definidos e adquirimos nossa existência através dos outros. Será uma rosa vermelha no escuro? Numa floresta de um planeta distante, onde não haja ouvidos para escutar, a árvore que cai produz algum estrondo? E pergunto: quem haveria de me conhecer, senão Anna? Quem haveria de conhecer Anna, senão eu? Perguntas absurdas. Fomos felizes juntos, ou não infelizes, o que é mais que as pessoas geralmente conseguem; será que não basta? Havia tensões, havia atritos, como não podia deixar de haver em qualquer união como a nossa, se é que existem outras do mesmo tipo. As queixas, os gritos, os pratos arremessados, a bofetada ocasional, o murro mais ocasional ainda, passamos por tudo isso. E ainda houve Serge e seus assemelhados, para não falar das minhas Sergias, não, dessas não falo. Mas mesmo em nossas brigas mais ferozes só estávamos entregues a uma brincadeira violenta, como Chloe e Myles nas lutas que disputavam. Nessas rixas nós sempre acabávamos em risos, risos amargos mas risos, desconcertados e até um tanto envergonhados, envergonhados melhor dizendo não da nossa ferocidade, mas do quanto ela nos faltava. Brigávamos com a intenção de sentir alguma coisa, de nos sentirmos reais, autocriação que éramos os dois. Que era eu.

Teríamos podido, teria eu podido, agir de outra maneira? Poderia eu ter vivido de outra maneira? Perguntas infrutíferas. Claro que poderia, mas não agi nem vivi, e nisso reside o absurdo de sequer formular essas questões. De qualquer maneira, onde estarão os padrões de autenticidade máxima em contraste com os quais minha identidade inventada poderia ser medida? Nos quadros finais de banho que Bonnard pintou, com Marthe já septuagenária, ele ainda a representava como a adolescente que julgou que ela fosse quando a conheceu. E por que eu haveria de exigir uma visão mais veraz de mim mesmo que a de um grande e trágico artista? Fizemos o possível, Anna e eu. Perdoamos um ao outro por tudo que não éramos. Que mais se pode esperar, neste vale de tormentos e lágrimas? Não se preocupe, disse Anna. Eu também odiava você, um pouco, éramos seres humanos, afinal de contas. Mas apesar de tudo isso, não consigo me ver livre da convicção de que deixamos passar alguma coisa, de que deixei passar alguma coisa, só não sei o que pode ter sido.

Perdi o fio. Tudo está enredado. Por que me atormento com esses equívocos insolúveis, já não me fartei da casuística? Deixe-se em paz, Max, deixe-se em paz.

A srta Vavasour entrou, um espectro em movimento nas sombras da sala iluminada pelo crepúsculo. Perguntou se eu não estava com frio, se ela não deveria acender a lareira. Fiz-lhe perguntas sobre Bun, quem era, como se tinham conhecido, só para ter alguma coisa a perguntar. Passou-se algum tempo antes de ela me dar uma resposta; quando veio, foi a uma pergunta que eu não tinha formulado.

"A questão", disse ela. "É que a família de Vivienne é dona desta casa."

"Vivienne?"

"Bun."

"Ah."

Ela se debruçou na boca da lareira e tirou o ramo de hortênsias secas, que estalavam, da grade.

"Ou talvez seja ela a dona atual", disse a srta V., "já que a maior parte da família dela já faleceu." Eu disse que estava surpreso. Achava que a casa fosse sua. "Não", disse ela, franzindo a testa para as flores quebradiças que tinha nas mãos antes de erguer os olhos, quase dominados pela malícia, exibindo-me uma diminuta pontinha da língua. "Mas sou parte dos móveis e utensílios, por assim dizer."

Bem fraco, do quarto do Coronel, ouvimos a torcida aplaudindo e a voz excitada do locutor grasnando que alguém tinha feito um gol. Deviam estar jogando quase no escuro, àquela altura. Já nos descontos.

"E a senhorita nunca se casou?" perguntei.

Ela respondeu a isso com um sorriso frugal, tornando a baixar os olhos.

"Ah, não", disse ela. "Nunca me casei." Lançou-me um olhar rápido e desviou os olhos. As duas manchas de cor em seus malares se avivaram. "Vivienne", disse ela, "era minha amiga. Quer dizer, Bun."

"Ah", repeti. Que mais eu poderia dizer?

Agora ela está tocando piano. Schumann, *Kinderszenen*, *Cenas da infância*. Como que para me provocar.

Estranha, não é, a maneira como se alojam no meu espírito, essas coisas em que aparentemente nunca pensei? Atrás de The Cedars, onde um dos cantos da casa se encontra com o gramado crescido, debaixo de uma calha preta e torta, ficava um tonel de captação da chuva que há muito tempo não existe mais, é claro. Era um barril de madeira, de verdade, dos grandes, as aduelas enegrecidas pela idade e os aros de metal reduzidos a frangalhos pela corrosão. A borda era muito bem nivelada, e a mão mal sentia as brechas entre as aduelas; eram bem serradas e aplainadas, mas na textura a madeira encharcada da borda tinha como que uma penugem rasa, ou melhor, uma pelagem arrepiada, como o talo de um junco, só que mais dura ao toque, e mais fria, e mais úmida. Embora devesse ter a capacidade de não sei quantas centenas de litros de água, vivia sempre cheia até quase transbordar, graças à frequência das chuvas naquela região, mesmo, ou especialmente, no verão. Quando eu olhava para a água dentro do barril, ela me parecia preta e espessa como óleo. Visto que o barril ficava um pouco inclinado, a superfície da água formava uma elipse larga, que estremecia ao menor sopro e irrompia em apavoradas ondas concêntricas à passagem de qualquer trem. Aquele canto mais descuidado do jardim tinha um clima úmido e ameno que lhe era próprio, devido à presença do barril de água. Ervas em profusão floresciam ali, urtigas, labaças, convólvulos e outras cujos nomes desconheço, e a luz do dia tinha um matiz esverdeado, especialmente pela manhã. A água do barril, que era água da chuva, era mole, ou dura, uma das duas, e considerada boa para os cabelos, ou o couro cabeludo, ou alguma coisa, não sei direito. E foi ali que numa cintilante manhã de domingo me deparei com a sra Grace ajudando Rose a lavar o cabelo.

A memória rejeita o movimento, preferindo imobilizar as coisas, e como ocorre com tantas dessas cenas rememoradas revejo esta como um *tableau*. Rose de pé, debruçada para a frente com as mãos nos joelhos, o cabelo a lhe cair do rosto numa cortina longa e reluzente que gotejava espuma de sabão. Está descalça, vejo os dedos dos seus pés na grama, e usa uma daquelas blusas de linho branco de mangas curtas vagamente tirolesas que faziam tanto sucesso na época, largas na cintura e estreitas nos ombros, trazendo no busto o bordado de um desenho abstrato em linha vermelha e azul da prússia. O decote tem uma barra larga e, por dentro, tenho uma visão clara dos seus seios pendentes, pequenos e pontiagudos, como dois piões em posição de giro. A sra Grace veste um roupão de cetim azul e delicados chinelos azuis, trazendo para o ar livre uma incongruente baforada de atmosfera de *boudoir*. Seus cabelos estão presos atrás das orelhas por dois prendedores, ou fivelas, de tartaruga. Está claro que saiu da cama há pouco, e à luz da manhã seu rosto tem um ar cru de escultura inacabada. Seu corpo assume a mesma postura da criada de Vermeer com a jarra de leite, a cabeça e o ombro esquerdo inclinados, uma das mãos em concha por baixo da cascata espessa dos cabelos de Rose e a outra vertendo um jorro denso e prateado de água de um jarro com o esmalte rachado. A água, no ponto onde cai no topo da cabeça de Rose, revela um pedaço de pele que estremece e coleia, como as manchas do luar nas mangas de Pierrot. Rose emite curtos uivos de protesto — *Uh! Uh! Uh!* — ao choque frio da água em seu escalpo.

Rose, pobrezinha. Não consigo lembrar seu nome desligado do epíteto. Ela teria, o que, dezenove anos, no máximo vinte. Mais para alta, notavelmente esguia, com a cintura estreita e as ancas longas, era dotada de uma graça sedosa e esquiva do alto de sua testa pálida e regular a seus belos pés bem formados, com os dedos ligeiramente espalhados. Imagino que alguém decidido a ser cruel — Chloe, por exemplo — poderia ter descrito os traços de sua fisionomia como abruptos ou exagerados. Seu nariz, com as narinas faraônicas em forma de lágrima, era proeminente no cavalete, com a pele muito esticada e translúcida sobre o osso. Tem um desvio, esse nariz, um desvio ínfimo para a esquerda, e quando você olha para Rose bem de frente tem a ilusão de vê-la ao mesmo tempo de frente e de perfil, como num daqueles retratos complicados de Picasso. E esse defeito, longe de dar-lhe um ar desarmônico, só contribuía para aumentar a intensa expressividade de seu rosto. Em repouso, quando não percebia estar sendo espionada — e eu era mesmo um pequeno espião! — sustentava a cabeça inclinada para a frente, os olhos semicerrados e seu queixo pequeno, marcado por uma covinha, encaixado entre os ombros. Em seguida lembrava uma madona de Duccio, melancólica, distante, esquecida de si mesma, perdida no sonho sombrio de tudo que estava por vir, de tudo que, no caso dela, não estava por vir.

Das três figuras centrais do tríptico causticado de sal daquele verão é ela, estranhamente, quem ficou delineada com mais nitidez nas paredes da minha memória. Creio que o motivo seja as primeiras duas figuras da cena, e me refiro a Chloe e sua mãe, terem sido desenhadas por mim, enquanto Rose foi retratada por outras mãos, de um autor desconhecido. Toda hora volto a elas, as duas Graças, duas Grace, ora a mãe, ora a filha, aplicando uma pincelada de cor aqui, atenuando os relevos de um detalhe ali, e o resultado de toda essa minúcia é que meu foco nas duas resulta borrado em vez de nítido, mesmo quando recuo alguns passos para avaliar o meu trabalho. Mas Rose, Rose é um retrato acabado, Rose está pronta. Isso não quer dizer que fosse mais real ou importante para mim que Chloe ou sua mãe, de maneira alguma, só que consigo revê-la de maneira mais direta. Não pode ser por ainda estar aqui, pois a versão dela que está presente mudou tanto que mal se reconhece. Eu sempre a vejo com seus sapatos rasos e suas calças pretas lisas, e uma blusa num tom de escarlate — embora imagine que devesse ter outras roupas, é com essas que ela aparece em quase toda lembrança que tenho dela — posando em meio a objetos de significado inconsequente, os elementos e adereços arbitrários do estúdio, uma cortina escura, um chapéu de palha empoeirado com uma flor presa à faixa de cetim, um trecho de muro coberto de musgo feito provavelmente de papelão, e, bem no alto de um dos cantos, uma porta em úmbria na qual, misteriosamente, o tom escuro é sobrepujado por um clarão branco-dourado de luz vazia. A presença de Rose não era tão nítida para mim quanto a de Chloe ou da sra Grace — e como poderia ser? — mas havia alguma coisa que a fazia destacar-se, com aqueles cabelos negros como a meia-noite e a pele branca cuja pétala empoada a mais intensa luz do sol ou o mais inclemente dos ventos costeiros pareciam incapazes de afetar.

Ela era, imagino, o que nos velhos tempos, melhor dizendo, em tempos ainda anteriores à época de que venho falando, teria sido definida como uma governanta. Uma governanta, porém, teria sua modesta esfera de poder, mas Rosie, pobrezinha, não tinha defesas contra os gêmeos e seus pais desatentos. Para Chloe e Myles ela era o inimigo óbvio, o alvo de suas peças mais cruéis, objeto de ressentimento e zombaria intermináveis. E tinham dois modos de tratamento para ela. Ou se mostravam indiferentes a ponto de parecerem achá-la invisível, ou submetiam cada coisa que ela fazia ou dizia, por mais trivial que fosse, a escrutínio e questionamentos implacáveis. Enquanto ela se movimentava pela casa, os dois a seguiam, colados a seus calcanhares, observando de perto tudo que ela fazia — pousar um prato, pegar um livro, tentar não se olhar no espelho — como se cada coisa que ela fizesse caracterizasse o comportamento mais extravagante e inexplicável que jamais tinham visto. Ela os ignorava até onde aguentava, mas no final virava-se para eles, trêmula e muito corada, suplicando que a deixassem em paz, por favor, *por favor*, contendo a voz num murmúrio de angústia por medo de que os mais velhos da família a ouvissem perdendo o controle. Essa, claro, era exatamente a reação que os gêmeos desejavam, e se aproximavam dela ainda mais, acompanhando com avidez cada movimento do seu rosto, simulando espanto, enquanto Chloe a bombardeava de perguntas — o que ela tinha comido naquele prato? o livro era bom? por que ela não queria se ver no espelho? — até as lágrimas aflorarem nos seus olhos e sua boca descair de tristeza e raiva impotente, ao que os dois saíam correndo encantados, rindo como dois demônios.

Descobri o segredo de Rose numa tarde de sábado, tendo ido a The Cedars para ver Chloe. Quando cheguei, ela estava entrando no carro com seu pai, saindo para uma ida à cidade. Parei no portão. Eu tinha combinado com ela que iríamos jogar tênis — será que tinha esquecido? Claro que sim. Fiquei desalentado: ser abandonado daquele jeito numa tarde vazia de sábado não era coisa que provocasse pouco incômodo. Myles, que estava abrindo o portão para seu pai sair com o carro, viu minha decepção e sorriu, espírito malévolo que era. O sr Grace olhou para mim através do para-brisa, inclinou a cabeça para Chloe e disse alguma coisa, também sorridente. A essa altura, o próprio dia, ensolarado e varrido por uma brisa, parecia dominado pela zombaria e o desdém generalizados. O sr Grace pisou fundo no acelerador e o carro, com uma explosão alta dos fundilhos, arremeteu à frente pelo cascalho, obrigando-me a um passo rápido para o lado — embora não tivessem mais nada em comum, meu pai e Carlo Grace tinham a mesma concepção truculenta de diversão — e Chloe, pela janela lateral, com o rosto meio borrado atrás do vidro, olhou para mim com uma expressão de surpresa intrigada, como se apenas naquele instante me tivesse percebido de pé ali, e ao que eu saiba foi o que aconteceu. Acenei com uma das mãos, com o ar mais desinteressado que consegui simular, e ela sorriu com a boca curvada para baixo fingindo decepção por sua vez, exagerando numa expressão de pretensas desculpas que a fez erguer os ombros até o nível das orelhas. O carro tinha reduzido a marcha para Myles poder entrar, ela colou o rosto na janela e fez que dizia alguma coisa, erguendo a mão esquerda num gesto estranhamente formal, que podia ser uma espécie de bênção, e o que eu poderia fazer senão sorrir e dar de ombros eu também, e tornar a acenar, enquanto ela era arrebatada numa nuvem de fumaça da descarga e a cabeça de Myles, aparentemente separada do corpo, aparecia no para-brisa traseiro, sorrindo para mim em triunfo.

A casa parecia deserta. Passei pela porta da frente e fui até o ponto onde uma aleia diagonal de árvores assinalava o limite do jardim. Mais além ficava a linha do trem, no seu leito de cascalho azulado de xisto, emanando seu odor mefítico de cinza e gás. As árvores, plantadas perto demais umas das outras, eram finas e retorcidas, e seus ramos mais altos, misturados, acenavam como braços erguidos em total desordem. Que árvores seriam? Não carvalhos — sicômoros, talvez. Antes de tomar consciência do que fazia, eu já subia pelo tronco da árvore do meio. Não era do meu feitio, eu não costumava ousar ou me entregar a essas ousadias, e tinha, e tenho, medo de altura. Continuei subindo, entretanto, cada vez mais, apoiando-me nas mãos e nas solas dos pés, nas solas dos pés e nas mãos, galho a galho. E subir na árvore foi tão fácil que me deixou entusiasmado, apesar da folhagem que sibilava num protesto escandalizado ao meu redor e dos galhos mais finos que me davam na cara, e em pouco tempo cheguei o mais perto do topo que dava para chegar. E lá fiquei agarrado, destemido como um marujo pendendo do cordame, o convés da terra oscilando de leve muito abaixo de mim, enquanto, acima, um céu baixo de pérola sem brilho me parecia tão perto que daria para tocá-lo. Àquela altura o vento era um fluxo regular de ar sólido, cheirando a coisas distantes da costa, terra, fumaça e animais. Eu avistava os telhados da cidade no horizonte, e mais longe e num plano mais alto, lembrando uma miragem, um diminuto e imóvel navio de prata, equilibrado num esfregaço de mar desbotado. Um pássaro pousou num galho, olhou para mim com surpresa e depois tornou a levantar voo com um pio ofendido. A essa altura eu já tinha me esquecido do esquecimento de Chloe, de tão exultante que estava e transbordante de júbilo maníaco de me ver tão alto e tão longe de tudo, e só percebi Rose abaixo de mim depois de ouvir os seus soluços.

Ela estava ao pé da árvore ao lado daquela em que eu me empoleirava, os ombros encurvados e os cotovelos colados nos flancos, como que para manter-se ereta. Seus dedos nervosos apertavam um lencinho amarrotado, mas tão melodramática era a sua postura, chorando ali em meio aos ares murmurantes da tarde, que num primeiro momento achei que devia ser uma carta de amor amassada e não um lenço que ela tinha nas mãos. Que ar estranho ela emanava, reduzida do alto a um disco irregular de ombros e cabeça — o repartido dos seus cabelos era do mesmo tom quase branco do lencinho encharcado que tinha nas mãos — e quando se virou depressa ao som de passos às suas costas oscilou de lado a lado por alguns instantes como um pino de boliche que a bola só tivesse atingido de raspão. A sra Grace se aproximava seguindo a trilha pisada de grama bem abaixo do varal da roupa lavada, com a cabeça baixa, os braços dobrados em cruz sobre os seios achatados e cada uma das mãos agarrada com força ao ombro oposto. Estava descalça, vestia um short e uma das camisas brancas do marido, que a favorecia muito de tão grande que ficava nela. Parou a uma certa distância de Rose e ficou ali algum tempo em silêncio, virando-se de um lado para o outro em quartos de volta em torno de si mesma, ainda com as mãos agarrando os ombros, como se ela também, a exemplo de Rose, estivesse fazendo o possível para manter-se ereta, ela própria uma criança que levava nos braços.

"Rose", disse ela num tom atraente e alegre, "ah, Rose, o que foi?"

Rose, que tinha voltado novamente o rosto para os campos distantes, emitiu um sopro de ar úmido pelo nariz que soou como uma espécie de não riso.

"O que foi?" gritou ela, a voz subindo até a palavra final e despejando-se em seguida sobre si mesma. "O que foi?"

Assoou o nariz indignada na beira do lenço embolado e complementou a manobra com um forte ímpeto congestionado que fez seus cabelos balançarem. Mesmo daquele ângulo, dava para eu ver que a sra Grace estava sorrindo, e mordendo o lábio inferior. Atrás de mim, bem ao longe, ouviu-se um apito abafado. O trem da tarde vindo da cidade, uma locomotiva de um preto fosco e meia dúzia de vagões verdes de madeira, atravessava os campos na nossa direção como um brinquedo enlouquecido grande demais, emitindo baforadas bulbosas de densa fumaça branca. A sra Grace avançou em silêncio e encostou a ponta de um dedo no cotovelo de Rose, mas Rose recolheu o braço num repelão, como se aquele toque a queimasse. Uma rajada de vento pressionou a camisa contra o corpo da sra Grace e revelou nitidamente os contornos rechonchudos dos seus seios. "Ora, deixe disso, Rosie", insistiu ela, e dessa vez conseguiu insinuar uma das mãos na dobra do braço da moça e, com uma série de pancadinhas muito suaves, fazê-la virar-se, ainda que rígida e obstinada, e juntas começaram a andar de um lado para o outro à sombra das árvores. Rose avançava trôpega, falando sem parar, enquanto a sra Grace mantinha a cabeça baixa como antes e dava a impressão de praticamente não dizer nada; pela postura dos seus ombros e pela maneira como seus passos eram moles e arrastados, desconfiei que estivesse se esforçando para conter o riso. Das palavras trêmulas e soluçantes de Rose, as que captei foram *amor*, *bobo* e *sr Grace*, e das respostas que deu à outra só um *Carlo?* gritado, seguido de um uivo de incredulidade. De repente o trem tinha chegado, fazendo o tronco da árvore vibrar entre os meus joelhos; quando a locomotiva passou, olhei na direção da cabine de comando e vi nitidamente o clarão do branco de um olho apontar na minha direção por baixo de uma testa lustrosa e enegrecida pela fuligem. Quando olhei de volta para elas, as duas tinham parado de caminhar e estavam de pé frente a frente em meio à relva alta. A sra Grace sorria, com uma das mãos erguida e pousada no ombro de Rose, e Rose, as narinas orladas de encarnado, apertando os olhos lacrimosos com os nós dos dedos das duas mãos, e então uma nuvem cegante da fumaça do trem atingiu violentamente o meu rosto e, quando finalmente se dissipou, as duas se tinham virado e caminhavam juntas pelo caminho de volta para casa.

Então era isso. Rose amava perdidamente o pai das crianças que estava encarregada de cuidar. Era a velha história, embora eu não saiba como podia ser velha para mim, que era tão novo. O que eu terei pensado, o que senti? O que recordo com mais clareza é o lenço amarfanhado nas mãos de Rose e a filigrana azul de varizes incipientes na parte traseira das fortes panturrilhas descobertas da sra Grace. E a locomotiva a vapor, claro, que tinha parado estrepitosa na estação e agora sibilava e resfolegava emitindo jorros de água escaldante de suas partes inferiores irresistivelmente intricadas enquanto aguardava impaciente partir de novo. O que são os seres vivos, comparados à intensidade persistente dos meros objetos?

 Depois que Rose e a sra Grace se afastaram, desci da árvore, deslocamento mais difícil do que tinha sido a subida, e saí andando a passos cuidadosos, passando pela casa em silêncio que nada enxergava e enveredando pela Station Road abaixo à luz de estanho polido da tarde esvaziada. O trem se afastara da estação e a essa altura já estava em outro lugar, um lugar totalmente outro.

Naturalmente não perdi tempo em contar para Chloe o que tinha descoberto. E sua reação não foi nem de longe a que eu esperava. Verdade que num primeiro momento ela me pareceu chocada, mas logo assumiu um ar de ceticismo, dando inclusive a entender que aquilo a aborrecia, ou melhor, que estava aborrecida comigo por ter-lhe contado a novidade. O que achei desconcertante. Julgava que ela fosse receber meu relato da cena à sombra das árvores com um riso delicioso, que por sua vez iria ter me permitido tratar todo o caso como uma piada, em vez de me ver obrigado a refletir sobre ele a uma luz mais séria e sombria. Uma luz sombria, imaginem só. Mas por que uma piada? Porque o riso, para os jovens, é uma força neutralizadora, e aplaca terrores? Rose, embora tendo quase o dobro da nossa idade, ainda estava do mesmo lado do golfo que nos separava do mundo dos adultos. Já era ruim a mera ideia deles, os adultos, envoltos em suas folias furtivas, mas a possibilidade de Rose enroscada com um homem da idade de Carlo Grace — aquela barriga, aquele volume no baixo ventre, aquele pelame no peito com seus reflexos de prata — mal podia ser concebida por uma sensibilidade tão delicada, tão glabra, como ainda era a minha. Será que ela tinha declarado amor ao sr Grace? Será que era correspondida? As imagens que se sucediam na minha mente, da pálida Rose entregue ao abraço áspero daquele seu sátiro, produziam em mim medidas iguais de excitação e alarme. E a sra Grace? Com que calma tinha recebido a confissão expelida por Rose, com que leveza, até mesmo bom humor. Por que não tinha arrancado os olhos da jovem com suas garras luzidias e escarlates?

E finalmente o casal de amantes propriamente dito. Como me espantava a facilidade, o descuidado desaforo, com que disfarçavam o que ocorria entre eles. A própria despreocupação de Carlo Grace me parecia agora um sinal claro de intenção criminosa. Quem senão um sedutor desalmado seria capaz de rir daquele modo, e provocar, erguer o queixo e coçar rapidamente a barba grisalha que crescia abaixo dele, produzindo um ruído de lixa com as unhas? O fato de em público não dedicar mais atenção a Rose que a qualquer outra pessoa em seu caminho era apenas um indício adicional de sua astúcia e da competência de sua dissimulação. Bastava a Rose entregar-lhe seu jornal, e a ele bastava aceitá-lo das mãos dela, para que meu olho intenso e vigilante tivesse a impressão de que alguma troca clandestina e indecente tinha ocorrido. O comportamento comedido e hesitante que ela exibia na presença dele era, para mim, o de uma freira devassa, agora que eu conhecia sua vergonha secreta, e imagens se sucediam nas camadas mais profundas da minha imaginação mostrando sua silhueta pálida e luminosa acoplando-se à dele em obscuros e rudes amplexos, enquanto soavam aos meus ouvidos os mugidos abafados dele e os gemidos de sinistro deleite que ela tentava conter.

O que a teria levado a confessar, e para a esposa que ele tanto amava ainda por cima? E o que terá ela pensado, a pobre Rose, da primeira vez que seus olhos se depararam com a frase traçada a giz por Myles nos batentes do portão e no piso da calçada diante da entrada — RV AMA CG — acompanhada do traçado rudimentar de um torso feminino, dois círculos com pontos no centro, duas curvas para os flancos e, mais abaixo, um par de colchetes ladeando um talho curto e vertical? Ela deve ter corado, ah, deve ter ficado com as faces em fogo. E achou que tivesse sido Chloe, e não eu, quem de algum modo tinha descoberto o seu segredo. Estranhamente, porém, não foi Chloe que teve seu poder sobre Rose aumentado, mas antes o contrário, ou pelo menos era o que parecia. O olhar da governanta emitia uma luz nova de aço quando pousava agora na menina, e esta, para minha surpresa e aturdimento, parecia intimidada debaixo desse olhar, como nunca antes se mostrara. Quando penso nas duas assim, uma lampejando e a outra se encolhendo, não consigo deixar de especular que o que houve no dia da maré estranha tenha sido de algum modo decorrente da descoberta dessa paixão secreta de Rose. Afinal, por que seria eu menos suscetível que qualquer outro autor de melodramas à necessidade que a narrativa tem de uma bela guinada de desfecho?

A maré subia pela praia até o pé das dunas, como se o mar transbordasse seu leito. Em silêncio, acompanhávamos o avanço constante das águas, sentados lado a lado, nós três, Chloe, Myles e eu, as costas apoiadas nas tábuas cinzentas e descascadas da cabana abandonada do encarregado da manutenção do terreno, ao lado do ponto inicial do campo de golfe. Tínhamos pensado num mergulho mas depois desistimos, desconcertados com aquela maré que subia sem ondas ou sem interrupção, com a maneira sinistra e calma como não parava de avançar. O céu estava todo embaçado de branco, trazendo cravado e imóvel bem no meio o disco chato de ouro claro do sol. As gaivotas davam rasantes, aos gritos estridentes. O ar estava parado. Ainda assim, lembro-me claramente de como cada folha de relva marrom que brotava da areia no trecho redondo ao fim da rua tinha à sua frente um semicírculo bem definido, o que sugeria a ação do vento, ou pelo menos de uma brisa. Mas talvez isso tenha sido num outro dia, o dia que percebi a maneira como as folhas de grama produziam essas marcas na areia. Chloe estava de maiô, com um casaco branco jogado nos ombros. Seus cabelos estavam escurecidos de tão molhados, e colados ao seu crânio. Naquela luz leitosa sem sombras, seu rosto parecia quase desprovido de traços, e ela e Myles a seu lado estavam tão parecidos quanto as efígies de perfil de um par de moedas. Abaixo de onde nos encontrávamos, numa reentrância entre as dunas, Rose estava estendida de costas numa toalha de praia, com as mãos debaixo da cabeça, dando a impressão de que dormia. A franja espumante do mar chegava a menos de um metro dos seus tornozelos. Chloe ficou olhando para ela, sorrindo para si mesma. "Quem sabe o mar levava ela embora", disse.

Foi Myles que conseguiu abrir a porta do barracão, torcendo o cadeado até que toda a tranca se desprendeu dos parafusos e soltou-se na sua mão. Lá dentro era uma única peça acanhada, vazia e cheirando a urina velha. Havia um banco de madeira encostado a uma das paredes, e acima dele uma janela pequena, a esquadria intacta mas os vidros sumidos muito antes. Chloe se ajoelhou no banco com o rosto na janela e os cotovelos no parapeito. Sentei-me de um dos lados dela, Myles do outro. Por que me parece que havia alguma coisa de egípcia na maneira como nos postamos ali, Chloe ajoelhada olhando para fora e Myles e eu sentados no banco de frente para aquele quartinho? Será porque estou compilando um Livro dos Mortos? Ela era a esfinge, e nós seus sacerdotes sentados. Reinava o silêncio, salvo pelos guinchos das gaivotas.

"Tomara que ela se afogue", disse Chloe, falando para fora da janela e dando um dos seus risinhos cortantes. "Tomara que sim" — *corte corte* — "eu detesto ela."

Últimas palavras. Foi de manhã cedo, pouco antes da aurora, que Anna recobrou a consciência. Não sei dizer com certeza se eu já estava acordado ou se fazia parte de algum sonho, eu estar desperto. Essas noites que passei no desconforto da poltrona ao lado da cama de Anna foram povoadas de alucinações curiosamente banais, sonhos pela metade em que eu cozinhava para ela, ou conversava a seu respeito com pessoas que eu nunca tinha visto antes, ou só caminhava ao lado dela por ruas indistintas e mal iluminadas, eu caminhava, melhor dizendo, enquanto ela permanecia estendida em seu coma a meu lado mas ainda assim conseguia mover-se e me acompanhar, de algum modo, deslizando no ar sólido, em sua jornada rumo ao Campo dos Papiros. Agora desperta, ela virou a cabeça no travesseiro encharcado e me contemplou com os olhos bem abertos à luz submarina da lâmpada noturna, com uma expressão de espanto vasto e hostil. Acho que não me reconheceu. Eu tinha essa sensação paralisante, parte admiração e parte medo, que nos assola num encontro solitário súbito e inesperado com algum animal selvagem. Eu sentia meu coração pulsando, as pancadas lentas e líquidas, como se superasse aos solavancos uma série interminável de obstáculos idênticos. Anna tossiu, produzindo um som que lembrava um chacoalhar de ossos. Eu sabia que era o fim. Não me senti à altura do momento, e quis gritar pedindo ajuda. Enfermeira, enfermeira, depressa, minha mulher está me abandonando! Eu não conseguia pensar, minha cabeça parecia tomada por uma pilha de blocos de pedra. E Anna continuava a olhar para mim, ainda surpresa, ainda desconfiada. Longe dali, no corredor, uma pessoa que não se via derrubou alguma coisa que provocou um estrépito de metal, ela ouviu o barulho e deu a impressão de sentir-se reconfortada. Talvez tenha achado que fosse alguma coisa que eu falei, e julgou ter entendido, pois assentiu com a cabeça, mas com impaciência, como que dizendo *Não, não concordo, não é nada disso!* Ela estendeu uma das mãos e a prendeu como uma garra em torno do meu pulso. Ainda sinto esse aperto simiesco. Debrucei-me para a frente na cadeira tomado por uma espécie de pânico e desabei de joelhos ao lado da cama, como um fiel aturdido que caísse em adoração perante uma aparição divina. Anna ainda estava aferrada ao meu pulso. Pus minha mão em sua testa e tive a impressão de sentir a mente dela do outro lado, numa atividade febril, fazendo um esforço gigantesco final para produzir seu derradeiro pensamento. Será que eu jamais tinha olhado para ela em vida com uma atenção tão urgente como aquela com que a fitava agora? Como se bastasse o meu olhar para mantê-la ali, como se ela não pudesse ir embora enquanto eu não desviasse os olhos. Ela arquejava, baixinho e bem devagar, como um corredor que faz uma pausa e ainda tem quilômetros a percorrer. Seu hálito emitia um mau cheiro suave, como de flores murchas. Eu disse o seu nome mas ela apenas fechou os olhos por um instante, recusando o contato, como se eu devesse saber que ela não era mais Anna, não era mais ninguém, e depois tornou a abri-los e a me fitar, mais intensamente do que nunca, não com surpresa mas com uma inclemência irresistível, ordenando que eu ouvisse, ouvisse e entendesse, o que ainda tinha a me dizer. Largou meu pulso e seus dedos rabiscaram brevemente o lençol, à procura de alguma coisa. Peguei sua mão. Dava para sentir o frêmito de seu pulso na base do polegar. Eu disse alguma coisa, alguma bobagem do tipo *Não vá embora*, ou *Fique comigo*, mas ela tornou a abanar impaciente a cabeça, e puxou minha mão a fim de me trazer para mais perto. "Estão parando os relógios", disse ela, num sussurro conspiratório que era só um fio. "Eu parei o tempo." E assentiu com a cabeça, num gesto solene e deliberado, e ainda sorriu, juro que foi um sorriso.

Foi o jeito elegante e brusco com que Chloe se livrou do casaco só encolhendo os ombros que me fez ousar, que me possibilitou, pousar a mão na parte de trás da sua coxa, com ela ali ajoelhada ao meu lado. A pele dela estava arrepiada, granulada de frio, mas senti a obstinação do sangue correndo agitado logo abaixo da superfície. Ela não reagiu ao meu toque, mas continuou a fitar o que quer que estivesse olhando — aquela água toda, talvez, o avanço lento e inexorável da cheia — e fui escorregando com cuidado a mão para cima até meus dedos encostarem na bainha tensa de seu maiô. O casaco dela, que tinha caído no meu colo, agora escorregou e se espalhou no chão, lembrando alguma coisa, uma chuva de flores derrubadas do pé, talvez, ou um pássaro despencando do céu. Teria bastado, para mim, ficar simplesmente sentado ali com a minha mão perto da sua bunda, o coração disparado em frases sincopadas e meus olhos fixos no buraco deixado por um nó da madeira na parede oposta a mim, não tivesse ela feito um movimento minúsculo e convulsivo que deslocou o joelho apoiado no banco uma fração para o lado, facultando às pontas atônitas dos meus dedos acesso às dobras íntimas do seu ventre. As entrepernas forradas de seu maiô estavam encharcadas de água do mar e pareceram escaldantes ao meu toque. Assim que meus dedos fizeram contato, ela tornou a cerrar as pernas, aprisionando a minha mão. Estremecimentos que pareciam pequenas correntes elétricas correram de todo o seu corpo para o seu ventre, e com um repelão ela se soltou de mim, e achei que estava tudo acabado, mas era um engano meu. Rapidamente ela se virou, desceu do banco com os joelhos e os cotovelos, sentou-se a meu lado a se contorcer, ergueu o rosto e me ofereceu seus lábios frios e sua boca quente para beijar. As tiras do seu maiô estavam amarradas num laço em sua nuca, e agora, sem descolar a boca da minha, ela levou uma das mãos para trás, desfez o nó e baixou o tecido molhado até a cintura. Sem parar de beijá-la, inclinei minha cabeça de lado e olhei, com o olho que conseguia enxergar mais além da orelha dela, na direção do relevo de sua espinha, que descia até o início de quadris estreitos e da brecha que, ali, tinha a cor de uma faca de aço limpa. Com um gesto impaciente, ela pegou minha mão e a apertou contra o relevo quase imperceptível de um dos seus seios, cuja ponta estava fria e endurecida. Do outro lado dela, Myles estava sentado com as pernas esticadas e abertas à sua frente, a cabeça apoiada na parede atrás dele com os olhos fechados. Às cegas, Chloe estendeu a mão para o lado e encontrou uma das mãos dele pousada no banco com a palma para cima e a apertou com força, e ao mesmo tempo apertou a boca contra a minha e senti, mais que ouvi, o suave gemido miado que ressoou em sua garganta.

Não ouvi a porta abrir, só registrei a alteração da intensidade da luz no interior do barracão. Chloe ficou rígida, virou a cabeça depressa e disse alguma coisa, uma palavra que não distingui. Rose estava de pé no umbral. Vestia o maiô mas calçava seus mocassins pretos, o que deixava suas pernas já muito brancas, finas e compridas ainda mais brancas, mais finas e mais compridas. Ela me lembrou alguma coisa, não sei dizer o quê, com uma das mãos na porta e a outra no alizar, aparentando estar suspensa ali, sustentada no ar entre dois fortes sopros de vento, um vindo de dentro do barracão na direção dela e o outro vindo de fora e fazendo pressão em suas costas. Chloe puxou seu maiô para cima num arranco e tornou a amarrar as alças atrás da cabeça, repetindo a mesma palavra em tom áspero mas quase sussurrado, a palavra que não consegui entender — seria o nome de Rose, ou só alguma imprecação? — pulando do alto do banco, rápida como uma raposa e, passando por baixo do braço de Rose, antes de sair pela porta e desaparecer. "Volte aqui, mocinha", gritou Rose com uma voz rachada. "Volte aqui agora mesmo!" E então lançou um olhar para mim, um olhar mais-de-comiseração-que-de-raiva, sacudiu a cabeça, deu meia-volta e saiu andando como uma cegonha em cima daquelas longas e brancas pernas de pau. Myles, ainda desabado no banco a meu lado, deu um riso baixo. Olhei para ele. Tive a impressão de que ele disse alguma coisa.

Tudo que veio em seguida eu vejo em miniatura, numa espécie de camafeu, ou um desses panoramas arredondados, vistos de cima, perto do centro dos quais os pintores de antigamente representavam o flagrante de um drama com tantos pequenos pormenores que eles mal se distinguiam entre as extensões azuis e douradas do mar e do céu. Fiquei mais um instante no banco, respirando. Myles olhou para mim, esperando para ver o que eu iria fazer. Quando eu saí do barracão, Chloe e Rose estavam mais adiante, no pequeno semicírculo de areia entre as dunas e a água, frente a frente, as duas gritando uma na cara da outra. Não consegui ouvir o que diziam. Em seguida, Chloe entrou em movimento e começou a descrever círculos furiosos para a direita em torno de si mesma, revolvendo a areia com os pés, e deu um chute na toalha de Rose. É apenas a minha fantasia, eu sei, mas vejo ondinhas lambendo famintas seus calcanhares. Finalmente, com um último grito e um curioso gesto de corte com a mão e o antebraço, ela se virou, saiu andando até a beira das ondas e, cruzando as pernas em xis, sentou-se pesadamente na areia, apertando o peito com os joelhos e envolvendo os joelhos com os braços, o rosto erguido para o horizonte. Rose, com as mãos nos quadris, fitava furiosa as suas costas, mas vendo que não conseguiria fazê-la reagir virou-se e começou a juntar suas coisas com gestos enraivecidos, enfiando a toalha, o livro e a touca debaixo do braço como uma pescadora que enfiasse os peixes numa cesta. Ouvi Myles atrás de mim, e dali a um segundo ele passou correndo de cabeça baixa, dando a impressão de que se movia antes sobre rodas que com duas pernas. Quando chegou aonde Chloe estava sentada, sentou-se ao lado dela, passou um braço pelos seus ombros e encostou a cabeça na dela. Rose parou e lançou um olhar de dúvida aos dois, ali embrulhados um no outro, de costas para o mundo. E então, calmamente, os dois se levantaram e entraram andando no mar, a água dócil como óleo quase não se abrindo à passagem deles, depois se inclinaram para a frente em uníssono e saíram nadando lentamente, as cabeças aparecendo e sumindo em meio à água esbranquiçada da maré cheia, cada vez mais longe.

Ficamos acompanhando os dois, Rose e eu, ela ainda segurando suas coisas bem junto ao corpo e eu só parado ali. Não sei o que estava pensando. Não me lembro de ter pensado em nada. Existem ocasiões assim, menos frequentes do que deviam ser, em que a mente apenas se esvazia. Já estavam bem longe a essa altura, os dois, tão longe que se viam como simples pontos claros entre o céu claro e o mar mais claro ainda, e então um dos dois pontos desapareceu. A partir daí tudo acabou muito depressa, quer dizer, o que pudemos ver. Uma pequena erupção na água, um pouco de espuma branca, mais branca que a água a toda volta, e depois nada, o mundo indiferente se recompondo.

Ouvimos um grito, e Rose e eu nos viramos para ver o sujeito grande de rosto muito vermelho com o cabelo grisalho muito curto descendo as dunas na nossa direção, levantando muito as pernas para cruzar as areias inconstantes com uma pressa cômica. Usava uma camisa amarela, calças cáqui e sapatos de duas cores, e brandia um taco de golfe. Os sapatos eu posso ter inventado. Tenho certeza, contudo, da luva que trazia na mão direita, a mão que segurava o taco; era havana, sem dedos, e o dorso era furadinho. Não sei por que isso terá atraído especialmente minha atenção. Ele não parava de gritar que alguém precisava ir buscar os Guardas. Parecia muito aborrecido, cortando o ar com muitos gestos do seu taco, como um guerreiro zulu sacudindo a sua clava. Zulus, clavas? Talvez eu queira dizer azagaias. O *caddy* do golfista, enquanto isso, do alto do barranco, um velho miúdo magro e sem idade, usando um paletó de *tweed* com todos os botões fechados e um boné também de *tweed*, contemplava a cena à sua frente com uma expressão sardônica, apoiando-se casualmente no saco de tacos de golfe com os calcanhares cruzados. Em seguida, um jovem de músculos inchados com um calção de banho azul bem justo apareceu, não sei de onde, dando a impressão de se materializar em pleno ar, e sem nenhuma preliminar mergulhou no mar e se afastou nadando depressa com braçadas fortes e bem treinadas. A essa altura, Rose andava de um lado para o outro à beira d'água, três passos para um lado, pausa, meia-volta, três passos para o outro lado, pausa, meia-volta, como a pobre Ariadne enlouquecida na praia de Naxos, ainda apertando contra o peito a toalha, o livro e a touca de borracha. Ao final de algum tempo o candidato a salva-vidas retornou e veio caminhando na nossa direção, saindo do mar sem ondas com aquele modo de andar um tanto dificultoso dos nadadores, sacudindo a cabeça e expulsando a água do nariz. Não consegui, disse ele, não consegui. Rose deu um grito, uma espécie de soluço, abanando a cabeça rapidamente de um lado para o outro, e o golfista olhou para ela. Em seguida todos foram ficando menores atrás de mim, porque eu saí correndo, tentando correr, ao longo da praia, na direção da Station Road e de The Cedars. Por que não cortei caminho através do terreno do Golf Hotel, seguindo depois pela rua, por onde seria muito mais fácil? Mas eu não queria um caminho fácil. Não queria chegar aonde estava indo. Muitas vezes, nos meus sonhos, estou de volta àquele momento, afundando os pés naquela areia cada vez mais resistente, a ponto de ter a sensação de que meus próprios pés eram feitos de algum tipo de massa quebradiça. O que eu sentia? Acima de tudo, eu acho, estava dominado por um sentimento de pasmo e admiração, diante de mim mesmo, que tinha conhecido duas criaturas vivas que, de uma hora para a outra, estavam espantosamente mortas. Mas acreditava que estivessem mortos? Na minha cabeça, eles pairavam suspensos numa vastidão luminosa, de pé, com os braços entrelaçados e os olhos muito abertos, fitando com ar muito sério profundezas ilimitáveis de luz.

E finalmente lá estava o portão de ferro verde, o carro estacionado no cascalho, e a porta da frente, escancarada como tantas vezes. Na casa tudo estava tranquilo e imóvel. Entrei como se eu próprio fosse feito de ar, um espírito à deriva, Ariel libertado e perdido. Encontrei a sra Grace na sala de visitas. Ela se virou para mim, levando uma das mãos à boca, a luz leitosa da tarde por trás dela. Isso tudo em silêncio, exceto pelo zumbido sonolento do verão lá fora. E então Carlo Grace entrou, dizendo, "Uma merda, eu acho que é..." e ele parou também, de maneira que ficamos ali imóveis, os três, no final.

Terá sido melhor assim?

Noite, e tudo está tão silencioso, como se não houvesse ninguém, nem mesmo eu. Não estou ouvindo o mar, que nas outras noites troveja e rosna, ora próximo e dissonante, ora distante e atenuado. Não quero ficar sozinho assim. Por que você não volta para me assombrar? É o mínimo que eu esperava de você. Por que esse silêncio dia após dia, noite após noite interminável? É como um nevoeiro, esse seu silêncio. Primeiro é um borrão no horizonte, no minuto seguinte nos vemos rodeados por ele, trôpegos e com a visão impedida, agarrados uns aos outros. Começou no dia seguinte àquela visita ao sr Todd, quando saímos da clínica andando pelo estacionamento deserto, todas aquelas máquinas caprichosamente enfileiradas ali, lustrosas como golfinhos e sem produzir um som sequer, e nenhum sinal nem mesmo da jovem com seus clamorosos saltos altos. Em seguida a nossa casa, aturdida e mergulhada no seu tipo peculiar de silêncio, e logo depois os corredores silenciosos dos hospitais, as enfermarias em que todos sussurram, as salas de espera, e depois o último de todos os quartos. Mande seu fantasma. Pode me atormentar, se quiser. Pode chacoalhar suas correntes, arrastar suas mortalhas pelo chão, com a voz aguda e penetrante de uma *banshee*, qualquer coisa. Por mim, prefiro um fantasma.

Onde está minha garrafa. Preciso da minha mamadeira azul. Meu calmante.

A srta Vavasour me fita com uma expressão compassiva. Eu me encolho sob esse seu olhar. Ela sabe quais são as perguntas que eu venho ansiando por lhe fazer desde que cheguei aqui, mas ainda não tive coragem. Hoje de manhã, quando ela me viu formulá-las em silêncio mais uma vez, abanou a cabeça, não sem contemplação. "Não posso fazer nada pelo senhor", disse ela, sorridente. "O senhor precisa entender." Como assim, eu preciso? Sei tão pouco sobre qualquer coisa. Estamos na sala de estar, sentados ao abrigo da *bay window*, como tantas vezes. Do lado de fora, o dia está claro e frio, o primeiro dia de inverno que temos este ano. Tudo isso no presente histórico. A srta Vavasour remenda o que tem a aparência muito suspeita de um pé de meia do Coronel. Ela tem um instrumento de madeira, na forma de um grande cogumelo, sobre o qual estica o calcanhar para cerzir algum buraco que haja nele. Acho repousante observá-la nessa tarefa sem pressa. Preciso de descanso. Minha cabeça parece ter sido recheada de algodão cru molhado, e sinto um sabor acre de vômito na boca de que nem todas as xícaras de chá com leite nem todas as hostes de torradas muito finas mobilizadas pela srta Vavasour poderiam me livrar. Também dei uma pancada com a testa, e o galo está latejando. Sento-me obediente e contrito diante da srta V. Sinto-me mais do que nunca um menino delinquente.

Mas que dia foi ontem, que noite, e, céus!, que manhã seguinte. Tudo começou com uma promessa mais que razoável. Ironicamente, como iria ficar claro, era a filha do Coronel que estava sendo esperada, com o marido e os filhos. O Coronel tentava mostrar-se despreocupado, exibindo seus modos mais insensíveis — "Seremos impiedosamente invadidos!" —, mas na hora do café suas mãos tremiam tanto de nervosismo que ele acabou fazendo a mesa toda tremer, além das xícaras de café que chacoalhavam em seus pires. A srta Vavasour insistia em afirmar que a filha do Coronel e a respectiva família deviam ficar todos para o almoço, que ela iria assar um frango, e perguntou que tipo de sorvete as crianças preferiam. "O que é isso?", emitiu o Coronel num jorro explosivo de ar, "não há a menor necessidade!" Mas saltava aos olhos que ficou ainda assim profundamente comovido, com os olhos úmidos por um instante. Eu próprio me vi esperando com alguma antecipação pelo menos uma visão direta daquela filha e de seu marido bonitão. Já a ideia da presença de crianças era um tanto apavorante; de maneira geral, crianças pequenas despertam o Gilles de Rais nem tão latente que vive dentro de mim.

    As visitas estavam sendo esperadas para o meio-dia, mas o sino da maré tocou às doze, a hora do almoço chegou e passou, e nenhum carro parou junto ao portão, nenhuma gritaria alegre de crianças foi ouvida. O Coronel andava de um lado para o outro, o punho preso pela outra mão atrás das costas, ou se postava diante da janela, com o focinho projetado para a frente, puxando um dos punhos da camisa para fora da manga, erguendo o braço à altura dos olhos e fuzilando o relógio com olhos rancorosos. A srta Vavasour e eu pisávamos em ovos, sem coragem de dizer qualquer coisa. O aroma de frango assado na casa parecia um desaforo cruel. Já era quase o fim da tarde quando o telefone tocou no corredor, causando um sobressalto em todos nós. O Coronel colou o ouvido ao fone como um padre já desistente no confessionário. A conversa foi breve. Fizemos o possível para não escutar o que ele dizia. E ele entrou na cozinha pigarreando. "O carro", disse ele, sem olhar para ninguém. "Quebrou." Era óbvio que tinham mentido para ele, ou que ele agora mentia para nós. Virou-se para a srta Vavasour com um sorriso desolado. "Desculpe pelo frango", disse ele.

    Eu insisti com ele para que viesse beber alguma coisa comigo mas ele declinou o convite. Estava um pouco cansado, disse, e de repente ficou com uma certa dor de cabeça. Recolheu-se ao seu quarto. Como se ouviam alto seus passos pesados na escada, e quase não se ouviu mais nada quando ele fechou a porta do quarto. "Ah, coitado", disse a srta Vavasour.

Fui sozinho até o Pier Head Bar e enchi a cara. Não era a minha intenção, mas foi o que fiz. Era um desses fins de tarde plangentes de outono, ainda riscados pela luz do sol que parecia ela própria uma memória do que em algum ponto do passado distante tinha sido a claridade intensa do meio-dia. A chuva que caiu mais cedo deixara poças na rua que eram mais claras que o céu, como se os últimos restos do dia morressem nelas. Ventava, e as abas do meu sobretudo batiam nas minhas pernas como crianças que eu tivesse, pedindo Papai não vá ao pub. Mas eu fui assim mesmo. O Pier Head é um estabelecimento sem alegria presidido por um imenso aparelho de TV, idêntico ao Panoramic da srta V., sempre ligado mas sem som. O dono do pub é um sujeito gordo e lento de poucas palavras. Tem um nome muito peculiar, que não consigo recordar agora. Pedi conhaques duplos. Momentos esparsos dessa noite se destacam na minha memória, com um brilho indistinto, como postes de luz num nevoeiro. Lembro-me de ter provocado ou ter sido provocado para uma discussão com um sujeito mais velho encostado ao balcão, e de ter sido repreendido por um homem muito mais jovem, o filho dele, talvez, ou neto, que eu empurrei e ameaçou chamar a polícia. Quando o dono do pub interveio — Barragry, é o nome dele — tentei dar um empurrão nele também, investindo por cima do balcão com um grito rouco. A verdade é que eu não sou nada assim, e não sei o que houve comigo, além do que normalmente tem havido comigo. Finalmente me acalmaram e recuei resmungando para uma mesa de canto, debaixo da TV muda, onde me sentei murmurando comigo mesmo e suspirando. Esses suspiros de bêbado, borbulhantes e trêmulos, como podem parecer soluços de pranto. A luz derradeira do fim da tarde, a parte dela que eu conseguia ver através do quarto superior da vitrine do *pub*, deixado transparente pela tinta, tinha o matiz raivoso, castanho-arroxeado que acho ao mesmo tempo fascinante e perturbador, e que é a cor mesma do inverno. Não que eu tenha nada contra o inverno, a verdade é que é minha estação predileta, depois do outono, mas dessa vez este fulgor de novembro parecia o presságio de alguma coisa além do inverno, e recaí num estado de profunda melancolia. Tentando dar alívio ao peso que sentia no coração, pedi mais um conhaque mas Barragry teve o bom senso de recusar, o que hoje reconheço, e saí tempestuosamente tomado por uma indignação furiosa, ou tentei uma saída tempestuosa mas na verdade tropecei, e voltei para The Cedars e minha própria garrafa, que batizei carinhosamente de Le Petit Caporal. Na escada me deparei com o coronel Blunden, e troquei algumas palavras com ele, mas não sei exatamente sobre o quê.

A essa altura era noite fechada, mas em vez de ficar no meu quarto e ir dormir enfiei a garrafa debaixo do sobretudo e tornei a sair de casa. Do que aconteceu depois disso só tenho frangalhos mal iluminados de memória. Lembro de ter ficado de pé exposto ao vento e sob a luz balouçante de um sinal de trânsito, esperando alguma revelação grandiosa de ordem geral, e que depois perdi o interesse antes mesmo que chegasse. Então fui até a praia no escuro, sentei-me na areia com as pernas estendidas à minha frente e a garrafa de conhaque, agora vazia ou quase, acomodada no meu colo. Acho que havia luzes acesas no mar, muito longe da praia, oscilando e meneando, como as luzes de uma flotilha de pesca, mas deve ter sido imaginação minha, nessas águas não existem barcos de pesca. Eu sentia frio apesar do meu sobretudo, cuja espessura não era suficiente para proteger minhas partes ínferas da umidade congelante da areia em que me sentei. Não foi a umidade nem o frio, porém, que me fez finalmente pôr-me de pé com esforço, mas a determinação de chegar mais perto dessas luzes e descobrir o que eram; pode até ter me passado pela cabeça a ideia de entrar andando no mar ao encontro delas. Foi à beira da água, de qualquer modo, que eu perdi o equilíbrio, caí e bati com a testa numa pedra. Fiquei ali estendido por nem sei quantas horas, perdendo e recobrando a consciência, incapaz ou sem desejo de me mexer. Ainda bem que a maré estava baixando. Eu não sentia dor, nem mesmo muita inquietação. Na verdade, me parecia muito natural estar estendido ali, no escuro, debaixo de um céu turbulento, observando a tênue fosforescência das ondas enquanto elas avançavam ansiosas só para tornarem a recuar, como um bando de camundongos inquisitivos mas tímidos, e o Petit Caporal, aparentemente tão bêbado quanto eu, rolando para a frente e para trás pelo cascalho com um som arranhado, enquanto eu ouvia o vento acima de mim soprar através das grandes concavidades e os funis invisíveis do ar.

  Devo ter adormecido a essa altura, ou até mesmo desmaiado, pois não me lembro de ter sido encontrado pelo Coronel, embora ele insista em afirmar que me comportei com a maior sensatez, deixando que ele me ajudasse a me levantar e me levasse caminhando de volta até The Cedars. E deve ter sido assim, quer dizer, de algum modo eu devia estar consciente, pois ele certamente não teria força para me levantar sozinho, menos ainda para me transportar da praia até a porta do meu quarto carregado em suas costas, talvez, ou me arrastando pelos tornozelos atrás de si. Mas como ele sabia onde me encontrar? Parece que em nosso colóquio na escada, embora colóquio não seja a palavra certa, já que segundo ele fui eu que falei quase o tempo todo, eu tinha me estendido sobre o fato bem conhecido, bem conhecido e fato nas minhas palavras, de que o afogamento é a mais suave das mortes, e quando a uma hora tardia ele não me ouviu voltar, e temendo que eu pudesse de fato, em meu estado de embriaguez, tentar despedir-me da vida, decidiu que precisava sair à minha procura. Precisou percorrer a praia por algum tempo, e já estava quase abandonando a sua busca quando um raio fraco de luz da lua ou da estrela mais brilhante caiu sobre a minha silhueta, estendida ali de costas na praia pedregosa. Quando, depois de muitos meandros e muitas pausas para eu discorrer sobre tópicos diversos, chegamos finalmente a The Cedars, ele me ajudou a subir as escadas e a entrar no meu quarto. Tudo isso me foi contado, porque dessa anábase vacilante, como eu já disse, não tenho nenhuma lembrança. Mais tarde ele me ouviu, ainda no meu quarto, vomitando estentoreamente — não no tapete, mas pela janela, no quintal de trás, fico aliviado de dizer — e depois parece que desabando pesadamente no chão, o que o fez encarregar-se de entrar no meu quarto e lá me descobrir, pela segunda vez naquela noite, totalmente derrubado, como dizem, dessa vez ao pé da cama, inconsciente e, ao que lhe parecia, carecendo de cuidados médicos urgentes.

Despertei em alguma hora precoce da madrugada ainda escura, deparando-me com uma cena estranha e irritante que num primeiro momento tomei por uma alucinação. O Coronel estava lá, bem-vestido como sempre com seu paletó de *tweed* e seu culote de sarja — ainda não tinha ido dormir — caminhando de um lado para o outro com o rosto franzido, assim como, muito mais implausivelmente, a srta Vavasour, que, mais tarde eu ficaria sabendo, também tinha ouvido, ou mais provavelmente sentido, nos ossos mesmos da velha casa, o estrondo que produzi ao desabar no chão depois de vomitar pela janela. Ela usava seu roupão japonês, e seu cabelo estava apanhado numa rede do tipo que eu não via desde a infância. Sentou-se numa cadeira a uma certa distância de mim, apoiada na parede, de lado, numa posição idêntica à da mãe de Whistler, as mãos dobradas no colo e seu rosto pendente, de maneira que seus olhos pareciam dois poços vazios de escuridão. Um lampião, que eu confundi com uma vela, ardia numa mesinha à frente dela, lançando um globo difuso de luz sobre toda a cena, que vista em seu conjunto — uma esfera de brilho tênue contendo uma mulher sentada e um homem a caminhar de um lado para o outro — podia ser um estudo noturno de Géricault, ou de La Tour. Impedido de fazer o que fosse, e abandonando qualquer esforço de entender o que estava acontecendo ou como aqueles dois tinham chegado ali, tornei a adormecer, ou a desmaiar.

Quando acordei de novo as cortinas estavam abertas e era dia. O quarto tinha um aspecto depurado e um tanto encabulado, achei, e tudo parecia pálido e indistinto, como o rosto matinal sem maquiagem de uma mulher. Do lado de fora, um céu uniformemente branco pairava teimosamente imóvel, parecendo não mais que um metro ou dois apenas mais alto que o telhado da casa. Vagamente, os acontecimentos da noite foram ressurgindo, arrastando os pés com ar envergonhado em meio ao limo da minha consciência. À minha volta, as roupas de cama estavam arrancadas e torcidas como que depois de uma farra, e havia um forte cheiro de vômito. Levantei uma das mãos e uma pontada de dor trespassou minha cabeça quando meus dedos encontraram o inchaço volumoso na minha testa onde ela tinha colidido com a pedra. E foi só então, com um sobressalto que fez minha cama ranger, que percebi o jovem sentado na minha cadeira, com os braços apoiados na minha mesa, lendo um livro aberto à sua frente em cima de meu suporte de escrita de couro. Usava óculos de armação de aço e tinha uma testa alta em processo de calvície, além de cabelos escassos de nenhuma cor particular. Suas roupas tampouco tinham caráter, embora me passassem uma impressão geral de veludo surrado. Ao ouvir meus movimentos, levantou sem pressa os olhos da página, virou a cabeça e olhou para mim, totalmente composto, e até sorriu, embora sem alegria alguma, antes de perguntar como eu me sentia. Sem palavras — e é só assim que posso descrever — me esforcei para sentar na cama, que parecia jogar debaixo de mim como se o colchão fosse recheado de algum líquido denso e viscoso, e dirigi a ele o que pretendi que tivesse o efeito de um olhar imperioso e interrogativo. No entanto, ele continuou a me fitar com toda calma, sem se abalar. O Médico, disse ele, num tom que dava a entender que se referia ao único médico do mundo, tinha vindo me ver mais cedo, enquanto eu estava apagado — *apagado*, foi assim que ele disse, e me perguntei em desespero, por um momento, se eu teria voltado à praia ainda mais uma vez, sem me lembrar de nada — e disse que eu parecia ter sofrido uma concussão complicada por uma intensa mas temporária intoxicação alcoólica. Parecia? Parecia?

"Claire nos trouxe até aqui", disse ele. "E agora ela está dormindo."

Jerome! O pretendente sem queixo! Agora eu reconhecia o rapaz. Como teria reconquistado os favores da minha filha? Teria sido o único a quem ela julgou poder recorrer, no meio da noite, quando o Coronel ou a srta Vavasour, qual dos dois tenha sido, precisara ligar e contar para ela a última encrenca em que seu pai tinha se metido? Nesse caso, pensei, a culpa vai ser toda minha, embora eu não conseguisse discernir exatamente por quê. Como me amaldiçoei, estendido ali naquele divã dos doges, crápula desregrado e tonto a quem faltava a mínima energia para saltar da cama, agarrar aquele sujeito presunçoso pelo cangote e jogá-lo porta afora uma segunda vez. Mas o pior ainda estava por vir. Quando ele saiu do quarto para ver se Claire já tinha despertado, e ela voltou junto com ele, meio encolhida, com as pálpebras inchadas e uma capa de chuva por cima da camisola, informou-me de cara, com o ar de quem preferia provocar logo o fogo inimigo para poder desviar-se melhor das balas, que estava comprometida. Por um momento, embora estupefato, não entendi o que ela queria dizer — comprometida com quem, para fazer o quê? —, momento que, como ficaria demonstrado, foi decisivo para a minha derrota. Não consegui tornar a abordar o assunto, e cada minuto que passa mais se consolida o triunfo dela sobre mim. E é assim que, num instante, essas coisas são perdidas ou ganhas. Ler o que diz Maistre sobre as guerras.

E ela nem ficou por aí, mas, entusiasmada com esse triunfo inicial, e aproveitando a vantagem que lhe propiciava minha incapacidade temporária, emendou com diretivas, emitidas com as mãos figurativas nos quadris, para eu arrumar imediatamente as minhas coisas e ir embora imediatamente de The Cedars, deixando que ela me levasse para casa — *para casa*, ela disse! — onde irá cuidar de mim, cuidados que incluirão, ela me dá a entender, a suspensão do consumo de todo e qualquer estimulante, ou soporífico, alcoólico, até o momento em que o Médico, ele de novo, me declarar pronto para alguma coisa, a vida, imagino eu. O que hei de fazer? Como posso resistir? Ela diz que é tempo de eu começar a trabalhar a sério. "Ele está acabando", informou ela ao noivo, não sem um fino verniz de orgulho filial, "um livro grande sobre Bonnard." Nem tive coragem de dizer a ela que o meu tal *Big Book on Bonnard* — o que soa como uma coisa em que se poderiam atirar cocos — não avançou além da metade de um suposto primeiro capítulo e de um caderno repleto de pretensas reflexões, todas derivadas, muito cruas e resumidas. Bom, mas não importa. Há outras coisas que eu posso fazer. Posso ir para Paris, e pintar. Ou me recolher a um mosteiro, passar meus dias na silenciosa contemplação do infinito ou escrever um tratado de fôlego, uma Vulgata dos mortos, e já me vejo na minha cela, com a barba comprida, uma pena de ganso, um gorro e um leão manso, através de uma janela às minhas costas camponeses minúsculos à distância enrolando fardos de feno e, pairando acima da minha testa, a pomba refulgente. Ah, sim, a vida é cheia de possibilidades.

Imagino que tampouco me será permitido vender a casa.

A srta Vavasour me diz que irá sentir a minha falta, mas acha que estou tomando *a decisão certa*. Ir embora de The Cedars tem muito pouco a ver com a minha vontade, digo a ela, estou sendo forçado a partir. "Ora, Max", diz ela, "não acho que você seja um homem que alguém possa forçar a qualquer coisa." O que dá uma trégua, não pelo tributo à minha força de vontade, mas pelo fato, que registro com um leve choque, de ser esta a primeira vez que ela se dirige a mim pelo meu nome de batismo. Ainda assim, não acho que isso queira dizer que posso chamá-la de Rose. Uma certa distância formal é necessária para preservar a boa e fastidiosa relação que forjamos, reforjamos, entre nós dois ao longo das últimas semanas. Diante dessa sugestão de intimidade, contudo, as velhas perguntas nunca formuladas começam de novo a enxamear. Eu gostaria de lhe perguntar se ela se culpa pela morte de Chloe — e acredito, diga-se de passagem sem apoio em qualquer indício, que foi Chloe a primeira a submergir, seguida por Myles, que ainda tentou salvá-la — e se ela está convencida de que os dois se afogaram juntos daquele jeito de maneira totalmente acidental, ou por algum outro motivo. E o provável é que ela me respondesse, se eu lhe fizesse as perguntas. Ela não é nada reticente. Tagarelou bastante tempo sobre o casal Grace, Carlo e Connie — "A vida deles ficou destruída, é claro" — e sobre como eles dois também morreram, não muito depois de perderem os gêmeos. Carlo foi primeiro, de um aneurisma, e Connie depois, num acidente de carro. Pergunto que tipo de acidente, e ela me responde com um olhar. "Connie não era do tipo de se matar", diz ela, retorcendo de leve os lábios.

Os dois a trataram bem depois, conta ela, sem nunca uma queixa ou sombra de acusação de dever traído. Decidiram instalá-la em The Cedars, conheciam a família de Bun, que convenceram a contratá-la para cuidar da casa. "E ainda continuo aqui", diz ela, com um sorrisinho resoluto, "todos esses anos depois."

O Coronel está caminhando no andar de cima, produzindo sons discretos mas bem claros; acha bom que eu esteja indo embora. Eu sei disso. Agradeci-lhe por sua ajuda na noite passada. "Acredito que o senhor salvou a minha vida", disse eu, enquanto me ocorria que tinha sido isso mesmo. Muitos sons bufados e pigarros — *Nem fale nisso, meu caro, era só o meu dever!* — e a mão dando um aperto rápido no meu braço pouco abaixo do ombro. Chegou até a me dar um presente de despedida, uma caneta-tinteiro, da marca Swan, que deve ter a mesma idade dele, imagino, ainda na caixa, num leito de papel de seda amarelo. É com ela que estou escrevendo estas palavras; tem um movimento elegante, é macia, rápida e só produz manchas muito de vez em quando. Como ela teria ido parar em suas mãos, eu me pergunto? E não me ocorreu nada a dizer. "Nem precisa dizer nada", disse ele. "Nunca tive uso para ela, e é melhor que seja sua, para as coisas que escreve e assim por diante." E em seguida se afastou com uma certa comoção, esfregando as mãos velhas, secas e muito brancas. E assinalo que, embora não estivéssemos num fim de semana, ele usava seu colete amarelo. Mas agora não terei mais como saber se é de fato um velho veterano do Exército ou um impostor. Mais uma dessas perguntas que não consigo me obrigar a fazer à srta Vavasour.

"É dela que eu sinto mais saudade", diz a srta V. "Estou falando de Connie — a sra Grace." Acho que eu a olho fixamente, e ela me lança mais um daqueles olhares de compaixão. "Não era ele, comigo", diz ela. "Não foi isso que você achou, ou foi?" Lembrei-me dela de pé muito abaixo de mim naquele dia debaixo das árvores, soluçando, a cabeça enfiada no suporte dos ombros encolhidos, o lencinho encharcado na mão. "Ah, não", disse ela, "nunca foi ele." E pensei, também, no dia do piquenique, ela sentada atrás de mim na grama e fitando o mesmo ponto que eu olhava com tanta avidez, vendo o que de maneira alguma pretendia dirigir-se a mim.

Anna morreu antes do amanhecer. A bem da verdade, eu não estava lá quando aconteceu. Tinha dado uma saída até os degraus do hospital para inspirar o ar negro e lustroso da manhã. E naquela hora, tão calma e dolorosa, lembrei-me de outro momento, muito tempo atrás, no mar naquele verão em Ballyless. Eu tinha saído sozinho para nadar, não sei por quê, ou onde Chloe e Myles poderiam ter se metido; talvez tivessem ido a algum lugar com seus pais, e teria sido um dos últimos passeios que fizeram juntos, talvez mesmo o derradeiro. O céu estava enevoado e nem uma brisa agitava a superfície do mar, a cujas margens pequenas ondas quebravam numa fileira indiferente, e de novo e de novo, como uma bainha interminavelmente revirada por uma costureira sonolenta. Havia poucas pessoas na praia, e essas poucas estavam a uma certa distância de mim, e alguma coisa no ar denso e imóvel fazia com que o som de suas vozes parecesse me chegar de uma distância maior ainda. Eu tinha entrado até a cintura numa água perfeitamente transparente, de maneira que podia ver com todos os detalhes, abaixo de mim, a areia ondulada do leito do mar, além de conchinhas e dos pedaços da garra quebrada de um caranguejo, meus próprios pés, pálidos e estranhos ao meio, exibidos sob uma tampa de vidro. Ali de pé, de repente, não, não de repente, mas numa espécie de impulso para cima, todo o mar subiu, não na crista de uma onda mas numa ondulação suave e alongada que parecia vir das profundezas, como se alguma coisa muito vasta bem no fundo tivesse se deslocado, e fui erguido por algum tempo e transportado um pouco na direção da praia, depois pousado novamente nos meus pés como antes, como se nada tivesse acontecido. E de fato nada tinha acontecido, um nada momentoso, só mais um dos momentos em que o vasto mundo dá de ombros em sua indiferença.

Uma enfermeira veio então me buscar, dei meia-volta e voltei para dentro atrás dela, e foi como se estivesse caminhando mar afora.

Este livro, composto na fonte fairfield,
foi impresso em pólen soft 80g na Imprensa da Fé.
São Paulo, Brasil, março de 2014.